如空氣般不存在的我

私は存在が
空気

中田永一
劉姿君 譯

目錄

少年移動者

1

藺居也有程度之分。

勇者級的強人寸步不離房間，但像我這種入門級的勉強可以去一下附近的便利商店。我會這樣是因爲長得醜。如果我有一般人的容貌，遇到人的時候是不是就不至於膽怯害怕或汗如雨下，在高中裡也交得到朋友了？是不是就敢和女生面對面說話了？對我而言，女生是完全未知的生物。從小女生對我就只有厭惡。因此我對三次元女生的畏懼劇增，這樣的負作用就是只能在二次元的世界裡尋求安寧。最近我特愛有漫畫美少女作爲封面的輕小說，猛看那種好幾個女主角都對男主角有好感的故事。

教室裡就發生過這樣一事。

正忙著笑鬧的男同學撞到我，害我書包裡的東西散一地，我帶的輕小說滑到女生集團腳邊。封面是半裸美少女插圖，女生對那種圖畫似乎不以爲然，對我投以冰冷的視線。我面紅耳赤，渾身大汗地逃離教室，回到家，衝進自己房間，抱著印有美少女圖案的抱枕哭。

像我這種醜人也會被不良分子盯上。

「喂，大塚，你來一下。」

七月初，同班那些不良分子把我叫到屋頂，拿走錢包裡的錢。

「你長得實在很噁。」

「不准看這邊。害我想吐。」

「如果我是你，早就自殺了。」

「我告訴你，這可不是霸凌。你可別自殺給我們找麻煩。」

幾個不良分子笑著離開屋頂。望著聳立著積雨雲的湛藍天空，我好不甘心，緊緊抓著鐵絲網嗚咽哀鳴。第二天我就不再上學，盡可能不出房門。我質問父母，怪他們爲什麼把我生得這麼醜。母親哭了。神明一定也可憐我的長相。有一天，我毫無預兆地有了「跳躍」的能力。

那是八月裡，親戚們因中元節來訪的某日。

「阿翔都關在房間裡不出來呀？」

阿姨好奇的聲音從一樓傳上來。

「阿翔，出來啦！有西瓜哦！」

「出來就給你零用錢！」

黃湯下肚的舅舅姨丈們哄堂大笑。

「出來給大家看一下嘛！你跟你外婆長得那麼像！」

聽到親戚們沒禮貌又沒神經的話，我的心越關越緊。把臉埋在枕頭裡，好想哭。誰要出去？我死都不要。

不久，我開始有了尿意，這下麻煩了。廁所在我家一樓，要去上廁所就必須承受親戚好奇的視線。不行，我辦不到。我決定忍到親戚回家。

可是尿意越來越強。我快忍不住了，找出房間一角的寶特瓶。那麼一瞬間，我考慮要不要尿在裡面。對段數高的繭居族而言，據說這是主流的解決方式，但我還沒有到達那個境界。

我想到一個好主意。從位在二樓的房間爬窗戶出去，沿著排水管爬到地面，跑到大約二百公尺外的公園廁所。這個解決辦法所需的行動力實在超乎一個繭居族的想像。但總比承受親戚的視線好得多。

我立刻付諸實行。身子從窗戶探出去，站在一樓屋頂突出的地方。這時候，我的腳打滑了。快跌下去時，我抓住排水管掛在半空。但手支撐不住而鬆開，一瞬間，我全身上下處於沒有接觸世界的狀態。

片刻浮游。

然後，以腳著地。

沒運動神經的我之所以動作敏捷，應該是尿意極限造成的奇蹟。

一落地，眼前就是公園的公廁，我光著腳就衝入解放。稍事喘息後，公廁的地板髒到嚇壞我。我在水龍頭底下洗腳，發現一件怪事。

我不記得從家裡跑到公園這一段。我掛在排水管上，一著地，眼前就是公園的公廁。這當中兩百公尺左右的路程到哪裡了？當時我並沒有發現，我在無意識中「跳躍」了。

我在十月中旬遇到瀨名學姐。我挑那天外出，因爲我最愛的輕小說系列新刊上市。我做好外出的準備，向母親要零用錢，母親很高興地給我一張千圓鈔。兒子在睽違數日後要走出家門，似乎讓她非常開心。

「加油哦！媽媽支持你。」

在母親的聲援中，我在玄關穿好鞋走到外面。到街上的書店須花幾百圓的車錢搭電車。太浪費了，所以我確認四周都沒人便發動「跳躍」。心裡想著前往場所要去的地方的情景，垂直向上跳。

鞋底踢地的聲音。

咚！

著地的時後，我已經不在家門前了，而是在緊鄰書店的建築後。我聽到呼——的聲音一回頭，見到一隻野貓全神戒備。看來被突然憑空出現的我嚇一跳，提高了警覺。我繞到建築物的正面，好多人走在商店林立的大馬路。我進了書店，從輕小說架上拿了我要的新書。

瞬間移動。自從八月的中元節，跳越空間的例子偶然發生數次。以爲自己在一樓卻到二樓。以爲自己在浴室前卻到了床上。我了解到那是自己的超能力造成，現在已經運用自如了。電視節目上偶爾會看到演員跳起來的那一瞬間，場景就切換到另一個地點。這種移動的戲是透過剪接，讓觀眾覺得演員好像跳過空間。而「跳躍」的能力就是這樣。

有一部電影叫作《移動世界》。

這是二〇〇八年上映的美國科幻片，故事主角是一個具有瞬間空間移動能力的青年。觀賞完這部片時，我曾經想說要是自己有這種能力，人生一定會不同。但實際上沒有任何改變。我又沒有膽量像《移動世界》的主角那樣利用能力發非分之財，也不懂得如何有效運用，空有這份能力。我是最愛自己房間的繭居族。想不出什麼想前往的地方。特地出門把我這張醜臉暴露在人前未免太蠢。所以我並沒有多少機會運用「跳躍」能力。

我在櫃檯結帳走出書店。走向剛才來的建築後面，卻見到幾個不良少年蹲在那裡抽菸。我向右轉離開那裡。在使用「跳躍」時，我不喜歡讓人看到。

搭電車回家好了。雖然浪費車票錢，但仔細想想，如果來回都以「跳躍」移動，回家的時間太早了。母親一定會懷疑：「你真的上過街？沒騙我？把一千圓還來！」

我在車站買了車票，一上月台馬上就後悔了。因爲我在大群排隊人潮中瞥見熟悉的女生制服。就是我目前拒絕上學的那所高中。我低著頭偷偷觀察那人。不是同班同學。這讓我稍微鬆一口氣。她是長得很漂亮的女生。即使在人潮中，她身邊的光線也和別的地方不太一樣。身高大概跟我差不多。長髮，長相很成熟。她一臉憂鬱地走在月台邊緣。

車站廣播了。內容是提醒乘客急行電車就要經過，請大家小心。只見電車從鐵軌的遠方接近。這時候人群吵鬧起來。有人大喊「危險！」我四周的人全轉頭朝那個方向看。剛才那個一臉憂鬱的女生，被一群歐巴桑的屁股頂開踩空，從月台掉下去了。

她就躺在急行電車即將經過的鐵軌上。沒有要爬起來的樣子。大概撞到頭了吧？她昏過去了。害她摔下去的那群歐巴桑只會叫「天啊！」「不得了了！」完全沒有要救她的意思。旁邊很多上班族和年輕人。其中一定會有人跳下去救人吧。可是，眼看著急行電車就要來了，卻沒有任何人採取行動。我對他們大爲憤慨。一個女生就在你們眼前遭遇危險了！爲什麼沒有人願意救她！

電車駕駛好像也看到女學生，響起了緊急剎車的聲音。是那種震耳欲聾的可怕高音。但顯然來不及了。巨大的鐵塊朝她逼近。想救她，一定需要瞬間移動那種能力吧。想到這裡，我才終於有了自覺：我才應該去救她。

不是別人，就是我。

咚！

我當場垂直向上跳，視野頓時切換，我在鐵軌上落地。女學生就倒在我腳邊。月台上的一大群人全都看著我們。他們不約而同地大吃一驚，想必因爲我突然憑空出現。還是說，我這張醜臉太嚇人？

急行電車的第一節車廂就在眼前了。我把手臂伸到女學生底下把她抬起來。這幾乎是我頭一次碰到女生。好軟，好暖，她好瘦。以一般標準而言，我想她的身體應該算輕的，但對我這軟弱無力的繭居族而言，她很重。手臂肌肉叫苦連天。要「跳躍」，我必須雙腳離開地面。這是超能力的規則。要把她帶走就必須把她抱起來。幸好她昏倒了。要是她張開眼睛看到我的臉，可能會以爲被醜陋的外星人抓走。以爲要被帶到大峽谷那樣放眼望去只有岩石的行星做人體實驗。

女學生睜開了眼睛。

「咦?」

她看到我的臉,出了聲。那一瞬間,她想從我手上掙脫,但立刻就發現電車第一節就在旁邊。距離近得看得到駕駛座玻璃後,駕駛那張鐵青的臉。就在電車要撞到我們的時候,我「跳躍」了。

咚!

視野切換,我著地時失去平衡跌倒。女同學一屁股跌在地板上。緊急刹車的聲音和人群的嘈雜聲突然消失。室內很安靜。我四足跪地,等心臟平靜下來。逃出生天的安心讓我滿頭大汗。

「請問……這裡是……?」

女同學站起來,環視貼在房間裡的漫畫美少女海報和床上抱枕。

我想解釋,但呼吸急促,發不出聲音。房外傳來有人上樓的腳步聲。

「你回來啦?怎麼弄出那麼大的聲音,怎麼了?」

母親打開房門。看到腳上還穿著鞋四肢跪地的兒子,和同樣穿著鞋、一身制服站在那裡揉著頭和屁股的女生，母親沉默了，輕輕關上門。

2

「瞬間移動？你在說什麼？」

她不相信我的話。我就知道。她說她叫瀨名仁繪，高三。

「這種事教人怎麼相信……」

「可是，這是眞的。」

爲了解除她的戒心，我告訴她自己的名字及我們是同校的一年級學生。話說回來，自己房間裡有個三次元的女生還眞是不可思議的光景。我請她先脫鞋再說，瀨名學姐的眼中淨是懷疑。

「剛才，瀨名學姐差點就死了。」

「剛才有一瞬間，我夢到我掉到鐵軌上……」

「那不是夢。」

「那給我證據啊！」

咚！

我揹著瀨名學姐，「跳躍」到一處夜晚海岸。

「咦？」

大概是本能地感到恐懼，學姐緊緊抓住我的脖子，不斷東張西望。每轉一次頭，胸部貼在我背上擦來擦去，我內心大叫「咦——！」

「這裡是哪裡？」

「美國西海岸，舊金山。因為有時差，現在天黑。」

橋上一連串的照明讓金門大橋浮現在黑暗中。這座跨海峽而立的吊橋，主塔最高點距水面有二百二十七公尺，橋身距水面約七十五公尺，坐落在從我們所站的海邊必須抬頭仰望的位置。成串照明朝夜空延伸。瀨名學姐戰戰兢兢地從我背上下來，雖震驚於橋的壯觀，仍走向海邊的護欄。風吹動她的黑髮，橘黃色的燈光照亮學姐疑惑的側臉。

「我沒帶護照來呢？」

「那我們在被逮捕之前回去吧。」

咚！

「啊，是嗎，有嗎。太好了。好的，我這就去拿。沒有，我沒有受傷。月台底下有空隙嘛，我好像是在千鈞一髮之際躲進那裡逃過一劫的。咦？看起來像是消失了？我想應該是錯覺吧。」

講完電話，瀨名學姐放下無線電話子機。

「書包掉在車站月台了。運氣眞好。要是掉在鐵軌上可能就被電車壓扁了。車站的先生聽到我沒事，鬆了一口氣。不過，事情好像變得有點麻煩。」

她指車站的人從她書包裡的東西查出校名，聯絡級任老師和家人。等一下她就得向老師和家人解釋了。

「這下慘了。蹺課好像被抓包了。」

「那個……我的事，請學姐保密……」

「我知道。關於你的能力，我會想辦法應付。要是大家知道了，不嚇死才怪。」

「怎麼了嗎？」

然後她盯著我的臉一直看。

「仔細一看，大塚學弟長得還眞有趣。」

「不要管我！」

「我在鐵軌上醒來的時候，還以爲被外星人擄走了。」

咚！

我揹著瀨名學姐「跳躍」到車站大樓的男廁。我什麼都沒想就選擇此處，結果後悔莫及。因爲裡面有個正朝著小便斗尿尿的大叔。我和瀨名學姐留下嘴裡驚慌大叫著「嗚耶耶耶啊啊啊？」卻無法動彈的大叔，逃離現場。在離得夠遠的地方停下來，喘過氣後，學姐用手肘頂我一下，邊罵「你搞什麼呀！」

瀨名學姐走向人群。她得找有站務員的票口領回書包。我的任務就此結束。

「學姐，我回去了。」

學姐好像沒聽到，頭也不回地走了。也好。我朝反方向走，找到一個沒人的地方「跳躍」。

咚！

我從家門口仰望天空，連傍晚都還不到。窩在家裡床上過日子時，一天一轉眼就結束了，今天卻覺得好長。在涼風吹撫下，我想起剛才在舊金山海岸見到的瀨名學姐。橫亙夜空的那串光反射在漆黑的海面，學姐以困惑與興奮交織的眼神望著那片景色。要不是發生這種事，我恐怕一輩子都不可能跟她交談。

進家門正在脫鞋時，母親來了。

「你什麼時候跑到外面去了？剛才那個女生是誰？」

「老師派來的。因爲我都沒去上學，班上同學從窗戶爬進來說服我。嚇死我了——」

我用這番說詞瞞混過去。

妹妹從國中放學、父親從公司下班回家。天黑了，到吃晚餐的時間。我一直過著日夜顚倒的生活，吃飯時間和家人不同，所以很少和家人一起坐下來吃飯。但這一天，難得與大家用同樣的週期行動，所以就一起吃晚餐了。

「聽說今天有人差點在車站被撞。眞的嗎？」

妹妹邊說邊把飯往嘴裡送。父親拿筷子夾烤魚地回答：

「這件事我也聽說了。聽說眞的很危急。還好有個男生跳到鐵軌上把人救起來。」

「天底下就是有很厲害的人呢。阿翔今天也難得出門了哦，去買書對不對？好棒。好酷喔。」

「喔——很棒哦，翔。」

父母誇我，妹妹在旁邊擺臭臉。

「不要看這邊啦，噁心死了。」

妹妹的眼神活像在看骯髒不堪的嘔吐物。她不是傲嬌。是眞眞正正、如假包換地帶著恨意。妹妹自從懂事以來就很討厭我。原因是我長得醜。因爲我，她從小就被欺負。一家人就只有我長得醜。父母和妹妹都很正常。爲什麼會生下我這種長相的孩子？恐怕是外婆的隔代遺傳。我長得和外婆一模一樣。

不過妹妹帶刺的視線讓我想起班上的女生。看到我帶到學校的半裸美少女圖案封面輕小說時，她們就是用這種視線注視我。對喔，今天是我喜歡的輕小說系列新刊出版的日子嘛——我心裡這麼想。

「啊——我忘了！」

我站起來，留下吃驚的家人離開了餐桌。我急得連樓梯都懶得爬。

咚！

來到走廊「跳躍」，在自己漆黑的房間裡著地。開了燈，找遍房間，卻找不到書店結帳櫃檯給我的袋子。會不會是在月台救瀨名學姐的時候掉了？等明天再像瀨名學姐那樣，打電話到車站請他們找找有沒有失物吧。我心想著好麻煩喔，就直接打開電腦玩起網路遊戲。

「飯你不吃了？」

樓下傳來母親的聲音，我回答：

「嗯！我吃飽了！」

努力賺經驗值賺到天亮。覺得家人都起床了。我的窗簾永遠都拉上，所以朝陽不會從窗戶照進來。家人吃早餐的時候我的睡意來到顛峰，便上了床。

叮咚——

門鈴響了。反正不關我的事，正準備入睡，有人爬樓梯上來。然後門突然打開了。

「抖鏘～～～～！」

這樣喊著登場的，是穿著制服的瀨名學姐。我是在做夢嗎？學姐拿出一個眼熟的袋子扔到床上。

「那是大塚學弟的吧？好像掉在鐵軌上了。站務員以為是我的，幫我撿起來了。」

就是裝有輕小說新書的袋子。我揉揉眼睛再看學姐。好像不是夢。

「……請問……」

「剛睡醒的臉就更有趣了。我昨天就在學校打聽到你的住址了。因爲我想起你說我們同校。我就用一年級的大塚翔來問了。」

「學姐特地幫我送來嗎？謝謝。」

「不謝。對了，你怎麼不準備上學？睡過頭了？」

我下了床，把敞開的房門關上。因爲我有預感家人會在走廊偷聽。

「學姐沒聽老師說嗎？我一直請假沒去上課。」

「爲什麼？感冒？」

「我拒絕上學。這個社會太痛苦。我今天也請假。」

「這就麻煩了，我來就是打算請大塚同學帶我『跳躍』到學校啊？」

「請不要把昨天才剛認識的我當成日常交通工具。」

「你不想有效運用這份能力嗎？這可是魯拉耶！魯拉！」

魯拉是勇者鬥惡龍裡瞬間移動的咒語。

「我喜歡待在房間裡。」

說是這麼說，但瀨名學姐都特地來送書了，我還是要送學姐到學校。「跳躍」不費吹灰之力，而且學姐來找我，我很高興。

學姐的鞋子在玄關，所以我決定先從家門口離開。房門一開，就聽到匆匆下樓的腳步聲。果然有人在偷聽。

學姐邊下樓邊罵我昨天在車站就不見了。一發現我家人在樓下等，便露出貴族般高貴優雅的微笑點點頭。

「不好意思大清早來打擾。」

所有人都看呆了。如果不喊什麼「抖鏘～～～！」，規規矩矩地站著，學姐的姿容簡直像無懈可擊的藝術品。

我穿好鞋，和學姐來到屋外。我不知有多少個星期沒有兩天連續穿鞋了。

我向家人丟下這句話就關上家門。

「我馬上回來。」

咚！

視野切換了，我們在高中屋頂上著地。就是我之前被不良分子勒索要錢的地方。

「一瞬間！眞的是一瞬間！剛才明明還在大塚同學家門前的！」

瀨名學姐從我背上下來，在朝陽底下笑了。我走到屋頂邊緣隔著預防失足跌落的鐵絲網向下看，發現大批上學的學生。不久前，我也是其一——想到這裡心就很痛。一意識到自己人在高中校園裡，腳就開始發抖，覺得反胃想吐。

「地球上的任何地方你都能去？」

「只能去到過的地方。」

「跟魯拉一樣呢。昨天大橋那裡呢？」

「舊金山是我小學家族旅行去的。」

「那東京呢？」

「可以啊。校外教學去過。」

和瀨名學姐聊著，漸漸地腳就不抖了。我過去曾經在學校裡和誰這樣說過話嗎？有誰能當著我世界毀滅級可怕的長相跟我說話而不別開視線嗎？

我試了通往校舍的鐵門。上了鎖。

「再『跳躍』一次吧。得進到門裡才行。」

「還早啊。還有時間，我們在這裡再待一會兒。」

我和瀨名學姐一直在屋頂待到上課鐘響。瀨名學姐問了我好多問題。什麼事讓我第一次「跳躍」？為什麼拒絕上學？平常都在房間裡做什麼？在早晨清新的空氣中，瀨名學姐的眼神活力四射。我和瀨名學姐交換電話，有生以來頭一次和女生成爲朋友。瀨名學姐對我的長相似乎不會覺得不舒服，直視著我的眼睛跟我說話。一開始我很緊張，後來就能輕鬆跟學姐對話了。

此後，我們就常見面。瀨名學姐會在放學途中把我叫出來，要我陪她去京都十分鐘吃個八橋餅，或是到北海道的牧場看牛。漸漸地我變得好喜歡瀨名學姐。這恐怕就是戀愛，但把這種感情表達出來只會貽笑大方，而且學姐是有男朋友的。

3

「你不覺得每棟大樓看起來都灰灰的嗎？」

穿制服的瀨名學姐在山手線上看著車窗喃喃地說。夕陽斜照下的都會街景被染成橙黃。剛才在我們福岡時，太陽並沒有這麼斜。因爲這個時期，東京的日落比福岡早四十分鐘。車廂裡有下班的上班族和放學的高中生集團。他們是土生土長的東京人。

「你不覺得我們天神的大樓更大更漂亮嗎？」

瀨名學姐一直說東京的壞話。好像對東京懷有敵意。原因應該是她男朋友。

學姐的男朋友去年從我們學校畢業，現在在東京上大學，一個人住。我知道。這就叫遠距離戀愛。

「男朋友這個時間在大學裡嗎？」

「我想應該是在打工吧……如果簡訊裡寫的是眞的。」

瀨名學姐認爲最近男朋友怪怪的。回簡訊回得很慢，不接電話，有時候寫信也沒回。

「會不會學姐想太多了？也可能是大學的課業或是打工什麼的很忙啊？」

「是有可能！但也可能是他變心了！東京的大學耶？東京的！想也知道到處都是漂亮的女生！」

在山手線裡大聲說話，附近的人都轉頭看瀨名學姐，然後看到我的長相，便一臉不可思議的樣子，不懂我們到底是什麼組合。畢竟我們長相的常態分布在一個最左一個最右，平常不可能湊在一起的兩種人竟然湊在一起。

雖然不知道男朋友是否眞的變心，但瀨名學姐不安得夜夜無法成眠。瀨名學姐說她從月台上掉下去那天，就是打算蹺課搭新幹線獨自上東京。頂著一顆睡眠不足的腦袋頭重腳輕地走在車站月台，歐巴桑的屁股大大撞過來，才會掉到鐵軌上。

瀨名學姐瞪著車窗外那一大片大樓。我們正要到男朋友那裡，遠遠觀察他是否有學姐之外的女人。只要使用「跳躍」能力，即使照常上學，也可以在放學後逛逛東京。

「……東京，不能原諒。」

瀨名學姐邊說邊從書包裡拿出一本書讀起來。那是一本以東京甜點爲專題的旅遊書。

發覺到我的視線，學姐說：

「我可不是想到東京玩！調查敵營才買的！」

「上面貼了很多標籤貼紙。」

「東京很可怕，很多危險的地方。大塚同學也不能掉以輕心，不然會被東京迷倒的。」

我們在新宿站下了山手線，在車站裡邊走邊迷路，然後上了中央線，坐一陣子電車。

「到了，下車囉。他簡訊裡說在這一站打工。」

我們在吉祥寺車站的月台下車。和瀨名學姐遠距離戀愛的男朋友，就在很像星巴克的咖啡店工作。我們從店門前隔著玻璃看男朋友在不在。學姐事先給我看過手機裡男朋友的照片，我一下就認出來了。他的身影進入視野的那一瞬間，瀨名學姐逃離了現場。我跑著追上去攔住她。

「學姐！妳怎麼了？」

「本尊突然就出現了！不可以被他發現！我穿著制服，一下就會被認出來的！大塚同學，你替我看！大塚同學是我唯一的依靠了！」

男朋友是我們高中畢業的，當然認得瀨名學姐的制服，所以學姐被發現的可能性很高。而我今天也是繭居在家，所以穿著便服。看樣子，我必須一個人進店就近探察男朋友的情況了。

「來，拿去。我的iPhone借你，你要多拍一些照片。要是被發現我可不饒你哦？然後，也要調查他和其他打工女生之間的親密程度。他們視線交會過幾次，要記錄下來哦？」

「學姐……」

「怎樣？」

「我不知道怎麼點東西。我都不出門的……」

我們到處找沒人的地方。從一家精緻的玩具店轉個彎走進小巷，發現了一座小小的草地公園。在那裡，學姐教我練習如何在很像星巴克的那種咖啡店點咖啡。櫃檯排隊的方式、咖啡的種類、飲料的規格、取餐的地方等等，瀨名學姐都仔仔細細教了我。

「在福岡這樣就沒問題了。可是，這裡是東京，不知道會發生什麼事。也許有福岡沒有的規定。如果是那樣就沒輒了。不過，你放心，我會幫你收屍的。」

在瀨名學姐目送下，我緊張得同手同腳地進咖啡店。我想決定好要點什麼再跟店員說，正看著櫃檯上方的菜單時，收銀檯的女店員就招呼說「這邊可以點餐」，我只好走近。我緊張得看不懂放在櫃檯上的那張單薄菜單上的字，還在不知所措，後面就有人開始排隊了，我想說非快點不可，隨便就指著菜單說「我要這個！」

「好的，不過那是加點的配料鮮奶油……」

「這個！請加在這上面！」

我強忍著想「跳躍」逃離現場的衝動，不管三七二十一隨便指一個像飲料的東西。我付錢，到取餐櫃檯領了柳橙汁加鮮奶油這個不可思議的飲料，選上一個不起眼的位置觀察男朋友。

他是笑容清新的好青年。長得乾乾淨淨，眼神很溫柔。和我這張活像醉漢嘔吐物的臉壓根不同。我稍微鬆一口氣。因爲我眞的不希望瀨名學姐和把我叫到屋頂上的那種不良分子之類的人交往。我用學姐借我的iPhone偷拍，也評估他和其他女店員之間的親密程度。光是看他工作的情景，實在看不出有沒有變心。

「雖然是我的直覺，可是我覺得瀨名學姐想太多了。」

我離開咖啡店，來到剛才的小公園和瀨名學姐會合。我把iPhone還給學姐，她馬上就瀏覽起我拍的東西。

「太好了。我還在擔心要是他變了怎麼辦。」

瀨名學姐對照片中的男朋友身影吐露放心的心聲。

「男朋友沒變啦。」

「大塚同學又知道了。」

「我是不知道，但就是這麼覺得。」

天已經全黑了。在吉祥寺東急百貨後，風格小店林立的區段中一座小公園裡，瀨名學姐以有點想哭的表情露出笑容。光分隔兩地就足以讓心中萌生種種不安。我沒有這類經驗，將來恐怕也不會有——同時想到這兩點，心中不免有點失落。

「大塚同學好好喔，隨時都可以來這裡。新幹線單程五個半小時、兩萬兩千圓的距離，你一眨眼就到了。」

「請問，那些紙袋是做什麼的？」

「沒什麼啊。東京是個可怕的地方。」

在個別行動的期間，瀨名學姐爲了了解東京這個敵營，調查風格小店、杯子蛋糕店等地。大量的紙袋據說就是她的調查結果。

咚！

福岡的天空也全黑了。我們抵達的地點，是瀨名學姐住的公寓大樓屋頂。我完全成爲便利的交通工具，學姐說方便接送，帶我到她家大樓屋頂「登錄」地點，好讓我隨時都能「跳躍」移動。

「呼！今天就到此爲止吧。」

瀨名學姐望著夜空說。

「今天？這個調查還要繼續下去嗎？」

「對啊？既然踏過吉祥寺的土地了，現在隨時都可以去了吧？下次我也要變裝再去。」

那天起，學校一放學，瀨名學姐就把我叫出來，爲調查男朋友而奔走。我在學校旁的暗處回收穿制服的瀨名學姐，「跳躍」到她家大樓的屋頂，再和回房換好衣服的瀨名學姐前往吉祥寺。有時候一起在咖啡店裡觀察男朋友，有時候只有學姐自己進店。個別行動時，我都會回福岡自己的房間，躺在床上讀輕小說或玩美少女電玩，等手表的鬧鐘響起再回吉祥寺的公園會合。

瀨名學姐只會遠遠地看著男朋友。絕對不會叫他，也很小心不被他發現。這是我要瀨名學姐答應的，我帶她「跳躍」到吉祥寺的條件。

「要是被發現了，我就不會再帶學姐『跳躍』到吉祥寺了喔。這很合理吧！因爲事情可能變得很麻煩。這個能力的事搞不好會洩漏出去。我不想這樣。」

「好，我不會被發現的。我答應你。」

學姐信守承諾。好像遠遠地看著男朋友就放心了，也不再不安男朋友的事。

但我保險起見，決定私下調查男朋友。我從自己房間「跳躍」到吉祥寺，跟蹤下了班的男朋友，查出他住在哪裡。我遠遠地看著他在大學校園內走動，拿雙筒望遠鏡監視他在網球社的活動，在他們聚餐喝酒的居酒屋前等男朋友和伙伴們出來。他完全沒有花心偷吃的跡象。不僅沒有，我還親眼看見他在牛丼連鎖店的吧檯看著存在手機裡的瀨名學姐照片，露出溫柔的神情。簡訊回得晚、電話沒接，應該眞的只是男朋友在忙課業和打工而已。或者因爲遠距離，相隔兩地的不安讓學姐這麼覺得。

一天晚上，我在男朋友平常半夜十二點會到的便利商店，假裝站著看雜誌偷偷觀察他的時候，視線與他對上了，他露出「咦？」的表情。他走過來，有點遲疑地對我說：

「您是常來我們店裡的客人吧？」

「呃，對……」

「我果然沒認錯！您住在這附近嗎？」

「呃，嗯，算是……」

彆腳地交談幾句，我就跑掉了。

咚！

我想「跳躍」到遠離便利商店處，沒想到竟出現在看得到舊金山金門大橋的位置。我低著頭佇在那裡，飽受自我厭惡的苛責。飛快轉動的腦海，被種種思緒塡滿。

男朋友是如假包換的好人。反觀我，我卻好醜。不止長得醜，連心都爛掉。爲什麼這麼說呢？因爲確定男朋友沒有偷吃，我在安心的同時也感到失望。要是我發現偷吃的證據，一定會告訴瀨名學姐，然後期待他們分手。我心裡確實有這個念頭。

我很嫉妒。我巴不得在獨佔瀨名學姐愛的男朋友心中發現邪念，然後伺機攻擊。告訴學姐：妳們兩人的關係因爲距離而變質了。但實際上什麼都沒變。

我問自己：你害他們兩個分手想怎樣？你想自己取代男朋友的地位嗎？就憑你這張醜臉？說起來，你眞的喜歡瀨名學姐嗎？爲什麼？因爲學姐很漂亮。就爲了這個理由？你自己這輩子因爲外表被唾棄鄙夷，現在卻憑外表來喜歡一個人？憑外表來判斷一個人？這算什麼？

不，我不是因爲外表喜歡上學姐。是因爲她跟我講話。即使是對長成這樣的我，學姐也像對平常人一樣地跟我說話。她這樣的個性吸引了我。

可是，這難道不是錯覺嗎？過去，我幾乎沒和女生說過話。我沒有免疫力。是不是因爲這時候學姐突然出現，我才不由自主地喜歡上她的？是不是不管誰出現都一樣？是不是因爲我就是很寂寞，很想喜歡上一個來到我身邊的人？

瀨名學姐願意和我走得近，因為我有「跳躍」的超能力。這我不是比誰都清楚嗎。我是學姐的交通工具。是放學後去京都、北海道、吉祥寺的工具。讓她隨時都可以看看男朋友的狀況。所以她才願意跟我說話。如果我沒有這種能力，她甚至不會跟我說話。畢竟我長了這張臉。一張活像爛掉蛀滿蛆的蘋果的臉。

一個白人警察走過來，用英語和我說話。一臉擔憂。我想起自己正在金門大橋旁。原來我的表情這麼痛苦嗎。有人一副想不開的樣子站在這座巨大的大橋前，難怪警察不得不來關心。金門大橋是世界數一數二的自殺勝地，全美各地都有人前來這裡尋死。

「大塚同學，除了那個什麼大橋之外，美國你還能到哪裡？」

有一天，瀨名學姐問。

「舊金山市內應該可以。」

「你知道大峽谷嗎？」

「美國的觀光勝地對吧。好像在亞利桑納州？」

「我不知道，不過昨天的旅遊節目有播。好棒的一個地方啊。可是，既然你沒去過，就沒辦法『跳躍』過去了。真想哪天在那裡看日出。」

學姐照例換好衣服移動到東京的吉祥寺。當我們在建築物環繞的小公園地面著地時，幾個小朋友正在那裡玩。他們看到突然出現的我和瀨名學姐大感不可思議，紛紛叫著「咦～～！」「怎麼會～～！」。

瀨名學姐從我背上下來，對小朋友們說：

「我們是從未來來的，但這是祕密。不要告訴爸爸媽媽哦！」

然後她回頭看我，刻意用純正的博多方言說：

「那大塚同學，一個小時候這裡見。你等我一下。萬一來晚了就打電話給我。你有我的電話嘛？之前交換過了對吧？」

她接著看著小朋友，得意地一笑。

「這是未來的話哦！」

瀨名學姐到咖啡店遠遠地看男朋友，而我則猶豫著該不該在小朋友滿懷期待的眼神中「跳躍」，但最後還是先到一個沒有人的地方才悄悄地跳了。

咚！

在福岡房間裡玩著虛擬戀愛電動，很快就過一個鐘頭，手表的鬧鐘鈴聲響了。我把記錄儲存好，從福岡前往東京。

咚！

剛才那群小朋友已經不在公園，瀨名學姐也不在。我等一陣子還是沒等到學姐，天開始變黑了。

我找到公共電話，打學姐的手機。

「喂？瀨名學姐嗎？學姐現在在哪裡？」

「……大塚同學，我跟你說，事情麻煩了。」

「怎麼了？」

「就是那個……我被發現了……」

我問了經過。瀨名學姐在咖啡店裡偷看男朋友流口水偷笑。結果旁邊的男人過來跟她搭訕。學姐拒絕，不小心聲音就大起來，男朋友聽到她的聲音和方言一回頭，終於發現瀨名學姐。

「學姐怎麼跟男朋友說……？」

「我說，我給他一個驚喜，所以沒聯絡就搭新幹線來了。」

「接下來學姐要怎麼辦？」

「已經講好今天在東京過夜。我跟家裡聯絡了。我說要住朋友家，爸媽就答應了。幸好明天是星期六，不然隔天要上學的話他們可能不會答應。」

咚！

第二天星期六中午後，我去接瀨名學姐。和要去打工的男朋友告別後，學姐來到吉祥寺的那座小公園。我揹起學姐準備「跳躍」時，身後傳來一股不同於平常的香味。一定是用了男朋友那裡的肥皂和洗髮精。我心口突然一陣疼痛。

咚！

我在瀨名學姐家的大樓屋頂著地，瀨名學姐從我背上下來。

「男朋友那裡沒有偷吃的證據嗎？好比化妝品什麼的。」

「沒有。我等於是以突擊的方式進他房間的。」

「那不是很好嗎。男朋友沒有偷吃。學姐沒什麼好擔心了。」

「嗯，我放心了。」

「那，有件事想拜託學姐。」

「什麼事？」

「能不能請學姐不要再用我來移動了？」

瀨名學姐一點都不驚訝，只是洩氣似地點點頭。

「……好啦，對不起嘛。我答應過你的。」

對喔，之前我跟學姐說好，要是被男朋友發現，就禁止以「跳躍」來吉祥寺。

「是啊，我當然還記得。學姐之前答應過的。」

「唉……」

瀨名學姐遺憾地嘆一口氣，仰望天空。

4

不能再「跳躍」到東京後，瀨名學姐很少找我，後來聯絡就中斷了。我想忘了瀨名學姐，沉浸在二次元世界中。我用電腦玩美少女電動，和遊戲裡的女生交往。無論誰看，這都是標準的遠距離戀愛。在次元這道無法以「跳躍」跨躍的牆後，存在著我的心靈慰藉。

因爲絕對不可能到她那裡，所以我們的交往百分之百清純。一定有很多人覺得這種事很噁心。可是我生來一張醜臉，從三次元女生的嘴裡只聽過唾棄，二次元世界女孩溫柔的話語的確拯救我的靈魂。覺得我很糟糕的人，一定是很幸福的人。

妹妹照樣一遇到我就把「噁心」掛在嘴上。妹妹眞心希望我死掉。每次被她說什麼，我就會畏縮，別過頭，腦海裡想起金門大橋。那美麗、莊嚴、聞名全球的自殺勝地。那座橋的入口還掛上勸導人們心理諮詢的牌子。據說跳下去到入水之間的四秒，會加速到時速一百二十公里。撞上水面，全身骨折且內臟破裂而死的機率是百分之九十八。入水後就算還有一口氣，也會因爲當地海水溫度低而立刻死於失溫。保證死得成。所以那裡非常受歡迎。超越富士山麓的樹海，成爲世界排名第一的自殺勝地。

三次元世界好痛苦。從高處跳下來變成肉醬能不能進到二次元世界呢？這張臉已經讓我痛苦得活不下去了。出生的那一瞬起，人生就是HARD模式。一般人無論是誰，小時候的照片都很可愛，我卻不是。從幼稚園那時候，我就醜到在運動會上成爲焦點。這張臉遺傳自外婆。我還記得外婆對著年紀還小、還不懂美醜的我哭。

「婆婆向神明祈求別讓你長得像婆婆。可是卻沒有用。對不起啊。」

外婆料到孫子這輩子注定不會好過而爲我流淚。我最愛的慈祥婆婆很早前就往生了。

「你怎麼會在家裡？很噁心欸你。」

從廁所出來的時候遇到妹妹，被她這麼說。

「瀨名學姐是不是？她怎麼會打電話給一個長得這麼噁心的人，我實在想不通。是不是收了你的錢？」

我瞪她，她沒在怕的。

「最近都沒聯絡了吧？利用完就被拋棄了吧？」

「妳體內也有這張臉的基因哦。將來妳生小孩的時候，搞不好會生出長這樣的小嬰兒。但妳還是得愛那個孩子。妳有這個覺悟了嗎？瀨名學姐才不是那種人。給我道歉。我叫妳道歉啊……」

妹妹咕噥著，用忿恨的眼神看我，罵句「噁心死了」，就不知道跑到哪裡。我在廁所前想著瀨名學姐。學姐已經沒有找我的理由了。因爲不能再用「跳躍」找男朋友了。

妹妹「利用完」的那句話在腦海揮之不去。說得也是，我認爲很有道理。像我這樣的人，之前能得到瀨名學姐的垂青才是特例。現在只是恢復原狀。我嘆一口氣，準備上樓繼續玩我的美少女遊戲。這時候電話響了，接起電話的母親喊了我。

瀨名學姐找我出去。

咚！

視野切換，眼前一片藍天。颳著冷風。一陣子沒外出，季節就要變了。我在瀨名學姐家的大樓屋頂著地，一回頭就有一道熟悉的身影。學姐一看到我就揮著手靠近。

「大塚同學！你好不好呀？」

我故作平靜地行一禮。

「學姐，好久不見……」

穿著便服且披著外套的瀨名學姐展露笑顏，把一個紙袋拿到我面前。嘴裡一邊製造音效：「抖鏘～～～！」

「這是什麼？」

「我去旅行了，這是給大塚同學的土產。」

我接過紙袋往裡面一看，是「東京芭娜娜」和淺草名產「雷米香」。

「我一個人去的。東京還是一樣可怕啊。一個會讓人迷失自己、搞不清自己到底是什麼人的地方。」

「學姐是找男朋友的吧？」

「對呀。大塚同學壞心不帶我去了，我只好搭飛機。既花時間又花錢，累死我了。」

學姐說機票是她打工存錢買的。

「可是，學姐怎麼會送我這麼多土產啊？」

「因爲受到你不少照顧，你還救了我一命啊。而且，朋友嘛。」

這是第一次有人送我土產，而且沉甸甸的。我還以爲我和學姐的關係已經完全切斷了。可是，好像沒有。

「謝、謝謝學姐……」

「不謝。對了，下星期我生日呢。」

「咦？」

「啊，我沒什麼特別的意思喔。只是忽然想到我生日就在下星期，就說一下而已。是我自言自語。」

我再怎麼遲鈍也猜得出來。她在討禮物。

「如果有什麼東西比東京更可怕，那就是三次元的女人了。」

我喃喃地說，學姐一臉笑咪咪地問：「你說什麼？」

我從來沒送過任何人生日禮物。不知道該送什麼才好。想了半天我想到了。我決定調查一下大峽谷。我記得學姐說想到那裡。帶學姐去，她應該會很高興吧？我決定送學姐大峽谷。

大峽谷是美利堅合眾國亞利桑納州北部的峽谷。雄偉壯麗的景觀已被聯合國登錄爲世界遺產，同時是美國數一數二的觀光勝地。但我家族旅行去的就只有舊金山市區，所以無法以「跳躍」前往大峽谷。要帶瀨名學姐去，首先我必須獨自到那裡，雙腳踏在那裡的土地。

我要規劃一次單獨從舊金山市內到大峽谷國家公園的旅行。在網路上一查，一千二百六十三公里的路程用走的必須耗時二百六十小時。搭飛機看起來最輕鬆，但我會怕，所以還是不要。據說即使是在美國境內搭乘國內線，有時候也會被要求出示護照。護照我是有，但要是被發現上面沒有蓋出入境章就麻煩了。

話說回來，我的英語只有國中程度，又不擅社交，加上長得醜，究竟能不能單獨在美國境內移動？儘管不安，但要是遇到實在沒辦法的危險，只要「跳躍」逃命就好。

我趁家人熟睡的深夜走出家門。那是涼意逼人的夜晚。我從車庫裡把腳踏車牽出來，雙手抱住「跳躍」。

咚！

視野切換，耀眼的陽光讓我瞇起眼睛。藍天下聳立著紅色大橋。我就在能眺望金門大橋英姿的海峽邊。這裡比日本稍微暖和一點點。不同人種的觀光客都聚集在此，其中有好幾個人好像看到我出現的那一瞬間，揉著眼睛感到不可思議。

我騎上跟著我的身體一起移動來的腳踏車，開始在美洲大陸上前進。離橋越遠，踏板踩起來就越輕。進入市區後我找一家銀行，把日幣換成美金。雖然緊張，卻沒有吉祥寺的咖啡店點餐時那麼嚴重。我看著地圖移動，經過那道常在電視見到有地面電車行駛的坡段。我在迷路中，突然發現可以前往目的地的公車總站，在櫃檯用破英語買好第二天往拉斯維加斯的長程巴士車票。在此結束了我第一天的行程。我抱著腳踏車「跳躍」。

咚！

回到日本自己家，正在床上覆核明天的行程時，窗外亮起來，天亮了。家人起床開始吃早餐的時候，換我入睡。

「我要專心打電動，敲門我可能沒空應。晚餐也不用準備我的。不用管我。」

第二天，我向母親報備，假裝要關在房裡，然後「跳躍」到舊金山的公車總站。

咚！

我坐上前往拉斯維加斯的巴士。看報的白人大叔、一群愛說話的黑人女子也搭同一班車。黃種人只有我一個。在車上，我邊暈車邊消化好幾本輕小說。巴士停在大得不得了的停車場休息時，我下了車「跳躍」，回自己家上了廁所，又帶了幾本還沒看過的漫畫回來。花了超過十四個小時才抵達拉斯維加斯。搭長程巴士眞的非常累人，其他乘客也都呈現瀕死狀態。下車的美國人當中，有人拍拍司機的肩，有人和他握手，好溫馨。

咚！

一倒在客廳的沙發上，疲累就讓我暫時無法動彈。

「你啊，玩電動也不必玩成那樣啊。偶爾出去走走嘛！」

母親抱著收進來的衣物經過。

既然到拉斯維加斯，距離目的地就不遠了。再過去，網路上寫說要到大峽谷國立公園最好的交通工具是租車。但我擁有的唯一一張執照是繭居入門級執照，我可不會開車。所幸，很多從拉斯維加斯出發前往大峽谷一日遊的旅行團，我決定報名。我用家裡的電腦找到一家爲日本人服務的旅行團，打電話去預約。對方問「您住哪一家飯店？」我就報了旅遊書上一家有名的飯店。

咚！

當天早上，我在飯店前等，有小巴來接。到公車總站後換乘大型遊覽車，出發前往大峽谷。參加旅行團的不是老夫婦，就是新婚夫婦，一個人參加的就只有我。正覺得不自在，一對老夫婦在遊覽車上和我說話，還分了好多點心零食給我。整個旅程我都和這對老夫婦一起行動。

一日遊也安排參觀胡佛水壩，到檢查哨時，有安檢人員上車來查看有無炸藥。我們在大峽谷附近的村子吃了午餐，在過午時分終於抵達目的地。「Hey, funny face！」雖然有美國人這麼說著與我擦身而過，但這片景色震撼得讓我起雞皮疙瘩，我甚至忘了要向他們揮手。

如果你眼前的地面被挖得深到比東京鐵塔和天空樹加起來都深呢？如果這片斷崖一直延伸到地平線呢？這就是科羅拉多河侵蝕地殼變動後隆起的地表所形成的峽谷。我覺得我彷彿見到地球這顆行星最赤裸的面貌。無論是老夫婦還是新婚夫婦，在這片無盡的斷崖面前就只能屏息驚歎。

然後，瀨名學姐的生日到了。

「這裡是火星吧……？」

「學姐振作一點。這裡是大峽谷啊。」

生日前一天晚上十點，我和瀨名學姐位在大峽谷的Mather Point這個地方。這邊的時間是早上六點。充滿黎明前寧靜的氣氛。四周很多同樣來看日出的觀光客。因爲天色還很暗，看不清面孔，也不知道聚集什麼樣的人種。只是不時聽到幾句不同的語言，有人呼氣，到處都充斥著冷得令人發抖的氣息。

不久，東方天空變亮，天亮了。正覺得整個天空變成會發光似的深青色時，地平線的盡頭便出現一團強烈的光。在場所有人都瞇起眼睛目擊那一瞬間。陽光一掃美國亞利桑納州的黑暗，讓前一刻還置身黑暗的斷崖成爲浮雕，金光閃耀。無邊無際的神祕地形一直延續到世界盡頭。而我們就站在那裡的正中央。

瀨名學姐冷得發抖的嘴唇吐出白色氣息。她的眼睛緊盯著景色無法移開。連話都說不出。美景當前，我們一時都忘了言語。但是，光爲她鑲上一層邊框，好美。

「雖然早一個小時，但祝妳生日快樂，瀨名學姐。」

若以美國時間換算，距離生日還有十七個小時，但日本已經晚上十一點多了。

「你之前一路跑到這裡，一定很辛苦吧。」

「對一個繭居族來說，是很不容易。」

「你一點都不是繭居族！繭居族怎麼會在大峽谷！」

在我說明從金門大橋到這裡的路程時，光的角度發生變化，影子的濃淡和岩石肌理的色調都不斷更新。彷彿在觀賞一場動態秀。我們又陷入沉默，望著廣袤無垠的美洲大陸地形，久久無法自拔。

咚！

我們移動到另一個景點。大峽谷有好幾個景點，分別可以欣賞不同的景觀。

「對了，大塚同學，你因爲被不良分子欺負才不去學校吧？要不要我跟男同學說？我有很多朋友，可以拜託他們不要再對大塚同學那樣哦。」

在寒風中打顫的瀨名學姐說。

咚！

我們在清晨的拉斯維加斯閒晃，而我開口：

「剛才學姐說的那個就不用了。對那些不良份子什麼都不用說。」

我們觀賞未亮起霓虹燈的賭場，說起來現在這個城市裡不知多少人正在宿醉。

咚！

胡佛水壩的儲水量約四百億公噸。日本所有水庫加起來的總儲水量才兩百五十億公噸，琵琶湖的儲水量才二百八十億公噸，可見胡佛水壩多巨大。在兩道懸崖的山谷間，聳立著一道扁平弧面的牆。

「謝謝你帶我來。我沒想到眞的會收到生日禮物。」

瀨名學姐在可以眺望胡佛水壩的橋上說。我搖頭。

「要不要買點熱飲和肉包？買完我們再回大峽谷。」

我揹起瀨名學姐，「跳躍」回日本。

咚！

視野一切換，眼前就是一家便利商店。

「這裡是哪裡？福岡嗎？」

我催從我背上下來環視四周的瀨名學姐，走進那家便利商店。一看鐘，是即將迎接凌晨零點的時刻。好歹趕上了。我們正在挑飲料，零點整時瀨名學姐的手機收到一封簡訊。好像是男朋友傳來祝她生日快樂的。學姐的臉頓時明亮起來。一分鐘後，便利商店的自動門開了，一名我認得的男人走進來。他手裡握著手機，一定是因爲剛傳過簡訊的關係。

大峽谷，其實是我把學姐帶出來的藉口。

我的計畫是用這次見面讓把我當作交通工具的任性學姐開心。我心頭有過一絲失戀的痛楚。但現在這甚至讓我感到可貴。我想好好珍惜。我決定把瀨名學姐留在那裡，自行消失。左腳和右腳併攏，膝蓋微彎……

咚！

5

過完年，第三學期就要開始。一月的早上空氣好冰冷。我在暖爐前邊取暖邊穿襪子。玻璃窗結露了，透進室內的光線顯得蒼白。

好久沒上身的制服穿起來好彆。尺寸不對。我好像在不知不覺間長高。我重回社會，父母很高興，但妹妹一樣只會說「好噁心」。

我夾在衣著厚重的人群走到車站。到學校一走進教室，所有同學突然安靜下來，視線集中在我醜陋的臉上。級任老師對我十分照顧，但同學的反應很冷漠。

某天上英文課時，老師用英語問我問題，我也以英語回答。老師露出驚訝的表情。大概因爲我的發音很順吧。英語會話要不進步也難吧！畢竟我都一個人旅行到紐約了。

我咀嚼著失戀的滋味，一個人在大峽谷茫然亂走，走著走著就朝東走去。我抱著痛楚和一個人的孤寂，四周環繞著美國的景色，十分舒適宜人。不知不覺，我開始以美洲大陸東岸爲目標展開旅程。最先搭巴士和火車，但資金用光後就沒辦法搭車了。我靠走路和騎腳踏車行經一個又一個城鎮，被喊「funny face」時也會跟他們開開玩笑，不知不覺就會講英語，最後靠搭便車抵達曼哈頓島。

在酷寒中坐渡輪到自由島，抬頭仰望自由女神的那一刻，我的旅行結束了。

回到日本自己的房間，下樓到一樓，家人正好在餐桌旁吃早餐。我把小得可以托在手心的自由女神像放在桌上，說「這個是紀念品，我到過紐約了」，父母以爲我終於神智錯亂，想帶我去醫院。家人並不知道我每晚都在美國旅行。因爲我寸步不離房間，父母很擔心我終究變成重度繭居族。

不知是橫越美國讓我有了自信，還是我尋求更進一步的修練，我決定第二天起就重返學校。

即使又回去上學還是交不到朋友。在教室裡必須一個人過。但我已經不再感到以前的孤獨。我能夠保持穩定的情緒，就像鞋底牢牢踩在地面上一樣。對於譏笑我長得醜的種種言語也聽而不聞，不再滿頭大汗了。我心裡想到的不是金門大橋，而是和瀨名學姐看到的大峽谷、讓我搭便車的美國人家庭、在大雪中變成一片銀白的曼哈頓市街。

某天放學後，我正在教室收東西，不良分子又叫了我，把我帶到屋頂。就是以前從我的錢包裡抽走紙鈔，還譏笑我長相的那些人。他們大概看我不順眼，對我又推又打。我蜷伏在地，他們就用惡毒的話罵我，放聲大笑。他們當中有女生，還提議「脫掉他的衣服拍照！」。「好主意！」「來錄影吧。你來掌鏡。」「我告訴你，這可不是霸凌哦。你可別自殺哦？別找我們麻煩。」

於是我決定了。我爬起來逃脫他們的掌握，大叫：

「嗚哇啊啊啊啊啊啊！我不要活了——我要跳樓——！」

當然是演的。

我在平靜得不能平靜的心情中起跑。爬過防止失足跌落的鐵絲網，站在屋頂邊緣。

「我要自殺給你們看——我要死給你們看——你們全都下地獄吧啊啊啊啊！嗚哇啊啊啊啊！」

背後響起不良分子急得大嚷大叫的聲音。我從校舍屋頂看著正下方的地面，這也沒多高。和金門大橋及大峽谷的高度比起來，僅算是一小級階梯。現在我終於明白，學校的校舍不過就是又小又窄的地方。我朝著半空中「跳躍」。

咚！

「咦？這不是大塚同學嗎？」

「啊，學姐。」

我和下樓的瀨名學姐遇個正著。學姐和朋友走在一起，但和我講話而自己停下來，對朋友說「妳先去吧」。學姊瞇起眼睛，把我從頭打量到腳。

「看到大塚同學穿著制服，無論看多少遍都好感動啊。學校生活還順利嗎？」

「還好。」

重回學校後，我才明白一件事。瀨名學姐因爲容貌出眾，是很特別的存在。爲了怕引起眾人的目光，我在校內不和瀨名學姐有接觸，很小心地避免接近學姐。

「你從紐約買回來給我的杯子蛋糕好好吃喔。人在日本卻能吃，友情誠可貴呀！」

教職員辦公室那個方向吵了起來。那群不良分子被老師帶著走。一看到我，他們精神錯亂般叫喊起來。其中那個女生怕得像見鬼。

「出了什麼事啊？」

「我也不知道。」

不良分子們被老師帶走了。瀨名學姐回頭看我，把頭一偏。

「咦？大塚同學，你受傷了喔？」

唇角陣陣疼痛。伸手一摸，指尖沾了一點血。應該是剛才挨打的時候受傷了吧。

「等一下。來，這個給你。」

瀨名學姐翻書包拿出OK繃。

「不用謝我。大塚同學，你變得比較有男人味了呢。男生才一下子沒見就會這樣，眞好玩。那我要走囉，下次再聊。」

學姐朝我揮揮手，去追朋友了。我目送她的背影，把ＯＫ繃收進口袋。

放學後的校舍裡，大群學生來來去去。不久，窗外就會染上晚霞的顏色吧。我面向正前方，踩著穩穩的步伐，在校舍的走廊上邁開腳步。

如空氣般不存在的我

1

我這個人，沒有什麼獨特的個性，外表也沒值得著墨之處，就像隨處可見的小石子般人畜無害，連在不在都讓人搞不清。國中時，沒一個老師記得我的名字，班上同學連一次都沒正面跟我說過話。他們不是故意不理我，而是因爲我的存在感太過薄弱，幾乎看不到我。我就是這種體質。

在極少數的狀況下，我必須在教室裡發言。好比上課時，老師以點名簿隨機選學生的時候。即使是毫無存在感的我，名字好歹會被登記在點名簿上。

「鈴木，來解下一題。喂，鈴木伊織，妳在哪裡？」

「有。」

我一舉手，好幾個同學就一臉訝異地回頭看我。

「怪了？我們班有這個同學喔？」一副想這麼說。我不喜歡別人用這種視線看我。但沒有存在感也不見得都是壞處。國中時，我們班霸凌橫行。乍看一點都不像不良學生的幾個活躍男生和女生聯合起來，鎖定文靜乖巧的男生，說他的壞話、藏他的東西，再取笑他。

金字塔底層的同學一定每天都過得戰戰兢兢。自己現在不是被霸凌的對象，但明天會怎麼樣沒人知道。沒人願意變成下一個被霸凌的對象，他們都活得偷偷摸摸的，儘可能不要被那些霸凌的同學看到。

我與這樣的不安無緣。畢竟我這個人就算在場，存在感也像不在一樣。即使大大方方從霸凌的同學身邊走過，他們的視線也會直接穿過我身上，絕對不會把我當成目標。

有一天，被霸凌的男同學轉學了。

回想起當時，我就後悔不已。自己那時候爲什麼沒採取行動呢？從來沒有幫過被霸凌的男同學，自始至終都袖手旁觀。要是自己心中還有那麼一點正義感，應該能有所作爲不是嗎？

這稀薄的存在感還有另一個值得感謝之處，走在夜路上也不會被壞人盯上。最近，市內常發生婦女暴力案件，我的朋友也受不小傷害。但我與這類危險無緣。

我長成一個沒存在感的人是有原因的。應該算是所謂的生存本能。我父親在外敦親睦鄰，不喝酒不賭博，但一下班回家就對母親和我挑三撿四，毫無理由拳腳相向。

一次，父親說「妳光是在那裡呼吸就讓我心煩」，便拿沉甸甸的玻璃菸灰缸扔向母親。雖然沒有性命之憂，但砸傷母親的額頭。母親血流滿面，我嚇壞了。然後憑本能感覺到：我必須保護自己，必須學會如何脫離父親的暴力，否則會有危險。於是父親在家期間，我便努力盡可能減低自己的存在。

像捉迷藏那樣躲起來沒有意義。小小公寓裡無處藏身，而且這麼做，逃避父親的態度反而會觸怒他，下場一定更慘。我必須乖乖待在屋裡，化身牆上一塊斑點般的存在，進入父親的視野也能讓他視而不見。

漫畫《哆啦A夢》裡出現過一種叫「石頭帽」的道具。戴上這頂帽子，就會變得像路邊的小石頭般不起眼，即使就在眼前對方也看不見。這就是成爲所謂的透明人。不，就連穿戴在身上的東西對方都看不見，所以比身體變透明更方便。我的目標就是這種狀態。

一感覺父親要回來了，我就在屋裡一角抱著膝蓋，讓呼吸沉靜下來。然後想像自己的身體從那裡消失。身體的輪廓從指尖開始消失，空氣與自己的界線變得模糊，我的身體在想像中融化在屋子裡擴散開來。忘了自己有名字，意識像靈魂出竅一般，視野變得像從天花板那裡俯瞰室內。那並不是實際上的視野。現在回想起來，應該只是我那樣覺得罷了。但一直這麼做，就會覺得自己這個人的存在慢慢變淡消失。

神明聽到我的祈求。父親對我說話的次數減少，也不再朝坐在牆邊的我看了。

不久，就算一家三口都在屋裡，也不再出現與我有關的話題。開始準備用餐的時候，母親只準備兩人份，我終於主動開口：

「媽媽，我的呢？」

母親大夢初醒般轉過頭，仔細確認般注視我，幫我盛飯。那時候，母親似乎暫時忘記我這個女兒的存在。

習慣抹消存在後，不久，我學會在這種狀態下走動。不管父親心情好還是不好，我天天都抹消自己的存在，避免與父親接觸。或許因爲我太常處於這種狀態，不知不覺地不費吹灰之力就能做到，抹消存在簡直就像呼吸心跳一般，反而變成常態。

直到現在，我依舊隨時維持著讓自己身體擴散到空氣中的意念。可能是小時候培養起來的認知長大就不再變了。如果不刻意去想，就不覺得自己的肉體——由血肉骨頭組成的鈴木伊織——在這裡。多半因爲這個緣故，當我處於什麼都不做的常態時，身邊的人很難感覺到我的存在。

假設一般人的存在感一百，常態的我存在感頂多只有五。舉例來說，就算我跟誰待在同一個房間裡，只要我沒出聲，那個人就不會發現我在。如果我用心抹消存在感，數值甚至可以到達零。在這個狀態下，我的存在感完全就如空氣。

我利用讓身體消失的想像消除存在感。但若是把過程顚倒，也能夠暫時提升我的存在感。有時候不可抗力的事情會造成這個情況。像是有人觸碰到我的時候、感覺疼痛的時候、因為疲累而呼吸急促的時候，我會強烈意識到身體存在，無法變成空氣，身邊就會看到鈴木伊織這個人。

我小學二年級的時候，父母終於離婚。多虧母親兼職工作那裡的男性上司幫忙處理，他們得以順利離婚，過程好像沒發生爭執。我當然跟著母親，所以不知道父親現在過著什麼樣的生活。

離婚半年後，母親再婚。對象就是那位上司。後來小寶寶出生，變成四口之家，母親不再有瘀青傷痕。我們搬進的獨棟房子氣氛很明亮，母親得到幸福的人生。如果說有什麼問題，那就是我。

大概我身上流著父親的血，讓母親想起父親。母親和繼父對我似乎覺得有那麼一點不舒服。只要沒有我，他們就能完全切割過往，以完美的三口之家重新出發。所以我在新家也抹消我的存在，屏著氣息靜悄悄過日子。

即使餐點沒準備我的份，我也不在意。我認為母親應該忘記我而擁有幸福，我甚至認為這樣才好。我學會在一旁看著帶孩子的母親與繼父，自己準備自己的餐點並一個人悄悄地吃。

在獨棟房裡，他們還是爲我準備房間。門上掛著我的名牌，所以每次看到，母親和繼父應該會想起「哦，對喔，我們家還有另一個人」才對。

弟弟四歲的時候來過我房間。大概忙著在家裡探險。看到從門縫裡怯怯地往房裡看的弟弟，讓我玩心大起。

「你好。」

我一叫，本來視線游移的弟弟一臉吃驚地發現我。他應該覺得我突然出現在本來空無一人的房間裡。

「妳是誰？」

弟弟以稚拙的口吻。

「我是你姊姊。」

「我沒有，姊姊啊？」

「其實你一直有啊。我從你是小貝比的時候就一直看著你。只是裝作我不在而已。」

「哦。可是，我認得，姊姊妳。」

他偷偷這樣告訴我，但看來他似乎把我當成給他零食糖果的妖精了。因爲他哭鬧著要吃零食時，要是父母忙著別的事不理他，他就會一直哭個不停，所以我會隨便塞幾個小饅頭或是汽水糖給他。我驀地出現，給了他零食又立刻消失，所以弟弟覺得我很神奇。

我上高中那一年，弟弟成了小學生。這個年紀，應該會懷疑世界上沒有妖精了。這麼一來，他把我當成什麼呢？我只在繳營養午餐費、需要零用錢，或學校發下須請家長簽名的文件時，才調整存在感以家人身分出現。那時才和弟弟交流，平常連視線都不會對上。這樣一個姊姊，他也許覺得毛毛的很不舒服。

這個世界上，到底多少人知道我這個人呢？這個問題我一天想上好幾次。戶籍上我的確存在。高中的點名簿上也有我的名字。可是，我是形同不存在、可有可無的生命。早上醒來，見到一片藍天的時候，我會打開房間窗戶，閉上眼睛。心想我會不會就這樣化在風中被吸進天空。這樣我就什麼都不必再想了。我無法想像自己將來過什麼樣的人生。

我會和誰結婚生子嗎？在那之前，我會喜歡上什麼人嗎？還眞有點難以想像。

我一直這麼想，但我錯了。也許等時候一到，每個人都逃不掉。過著高中生活，我明白戀愛是什麼。當然，我這樣的人根本不敢告白，我看著那個人就心滿意足了。

2

班會結束，教室鬧哄哄的。我拿著書包站起來。穿過閒聊的女同學之間，走出教室。走廊很安靜，空氣很冷。從窗戶看出去的天空掛著淡淡的半透明雲朵。剛進十二月沒多久的這個時期，操場空無一人。足球社和田徑社都不見蹤影，因爲第二學期的期末考就快到，社團活動全面暫停。

上条學長所屬的三年一組教室裡，班會剛結束。穿著黑色長袖制服、身材修長的學長越過我面前，從身邊經過。

我立刻追隨學長的背影。這所謂跟蹤狂的行爲，是沒有存在感的我的拿手好戲。

走在走廊上的上条學長穿著白色的CONVERSE。我們高中沒室內鞋。都直接穿著鞋在校舍內移動，所以校門口也沒設置鞋櫃，自然也沒漫畫之類常見、偷偷把情書放進喜歡的人鞋櫃裡的風俗。要向喜歡的人告白，大概只有當面表白，或發簡訊這兩個辦法。如果沒有這個勇氣，就只能用目光追隨那個人了。

來到校舍外，上条學長舒舒服服地伸展一下。書包斜背在肩上，雙手插進口袋，就這樣邁開步子。我並肩走在學長身邊仰望他的側臉。他並沒發現我的存在。學長認爲他單獨走在路上。

車站前的商店街播放著聖誕歌曲。行人變多了，我放棄和學長並肩而行。擦身而過的人個個都沒注意到我直接走來，數次差點撞到我。我換成緊跟在學長背後。一路上，學長有時緊盯精肉店剛起鍋的可樂餅，有時看看電玩店花車賣的二手電玩片。每次我都會在學長的臉和他視線的盡頭來回觀察，想像此刻學長在想什麼。

「上条！」

後面有人呼喚，學長停下腳步。我差點撞上，趕緊跟著緊急煞車。我絕對不能撞到任何東西。觸摸這個行爲會讓我強烈地想起自己有身體，讓平常擴散開的存在感暫時凝聚。還好我及時用力煞住沒撞上，學長開朗的聲音就在眼前響起。

「喔，阿橋，還有岩城也在啊。」

因爲身高差距，他的視線從我頭頂上方二十公分左右處經過。阿橋是三年級的橋本學長。上条學長、橋本學長及岩城學長這三人，在學校裡常一起行動。

兩個人的腳步聲朝我們靠近，我站在被三人包圍的位置。他們在頭頂上展開對話。

「你等會有事嗎？」

岩城學長問上条學長。

「沒有啊。幹嘛？」

「要不要去玩？」

「你們不用唸書嗎？我推甄過了，是很閒。」

我從圍住我的三角形中找到最大空隙，小心翼翼溜出。結果，他們三個人決定到附近的卡拉OK唱一小時。我猶豫著要不要跟，但也許可以從學長與朋友的對話當中得到關於學長的稀有情報，所以決定悄悄同行。

在櫃檯等候時，橋本學長說：

「好久沒唱歌了。」

「我上次跟曜川學長去過。」

我豎起耳朵偷聽上条學長說話。

「他還在打籃球嗎？」

「在大學好像沒有。」

「他超可怕的。」

曜川學長是他們以前在籃球社的學長嗎？他們三個直到前陣子的畢業比賽都還是籃球社社員。

包廂準備好了，他們進電梯前往包廂。我跟在高個子的他們身後，像隻黏在鯊魚身上的長印魚般，悄悄地緊緊跟隨。電梯和通道都有監視攝影機，我應該會被拍到。拍攝出來的影像會攤平所有存在感。我祈禱店員沒那麼勤快。否則他們一定會發現在櫃檯報的人數跟監視攝影機拍到的人數不一樣。

「我們要兩瓶可樂，一瓶烏龍茶，然後再一份大薯，謝謝。」

一進包廂，岩城學長就用對講機點三人份的飲料和薯條。包廂意外寬敞，小心一點應該不會撞到。太好了。他們立刻在機器裡輸入號碼，樂曲大聲播出。我在同一個包廂的角落望著開心的學長們。

我一邊聽橋本學長深情款款地高唱〈殘雪〉，一邊偷吃桌上的薯條。岩城學長對著條不知不覺變少感到納悶。當時間所剩不多，我頭旁邊的對講機響了。我還來不及離開，上条學長就從座位探身過來拿起聽筒。學長的臉正好就在我前面。他就在呼氣會噴到我臉上的距離說：

「我們不用延長。好的，謝謝。」

我緊張得縮成一團。當學長把聽筒掛回，那張端正的臉離開，我才鬆一口氣。

我會知道上条學長，是因爲我朋友春日部沙也加把他當話題。

「好帥喔。所謂的長得很精緻，就是他那樣的人啊。」

她一臉陶醉地說。午休時間的屋頂上，除了我們還有好幾個學生在晒太陽。

「我有一件事想拜託伊織，妳能不能去幫我拍照？」

「拍照？拍什麼？」

「上条學長啊。伊織可以緊貼學長也不會被發現吧？我好想要學長的照片喔。」

「不行不行。就算我沒存在感，也不能做那種壞事。」

可是，我無法拒絕她的請求。

某天，我被春日部沙也加帶去看體育館舉行的籃球社比賽。那時候，上条學長還沒有從籃球社畢業，是主力選手。體育館裡充斥著熱氣和歡呼。拍球的聲音，運動鞋鞋底發出的摩擦聲，聽起來很舒服。

「妳看，那個人就是上条學長。」

「咦？哪個？」

「背號四號的那個。」

「對大家下指令的那個？」

「對對對。」

春日部沙也加把iPhone交給我。

「這台iPhone越獄裝了消快門音的app。靠得很近偷拍也不會被發現。」

我不知道越獄是什麼，聽起來是電腦用語。

「眞受不了妳，僅此一次下不爲例哦？」

我嘆一口氣地去拍學長的照片。我穿過觀眾，進到正在舉行比賽的籃球場。要是普通人，早就被裁判叫住並暫停比賽，在觀眾的噓聲中被趕出去吧。但沒人注意到我的存在。假如這是職籃賽，觀眾席上無數的攝影機一定會拍到我，造成大騷動。但除了我，我沒看到別人爲體育館裡舉行的比賽拿出相機。

學長在球場裡跑來跑去，我邊追邊拍。當然，我不忘在拍攝全程注意球的動向，很小心不撞到橫衝直撞的選手。

就近以仰角按下快門，我才頭一次看上条學長的臉。因爲體育館的照明，汗水在發光。就像春日部沙也加說的，學長的確長得很精緻。

3

和朋友分手後落單的上条學長，通過車站的收票口上電車。冬天白天很短，外面天已經黑了。學長在離他家最近的車站下車。走往住宅區去，行人越來越少，巷子裡後來剩下我們。我走在學長身邊，一路上看著陌生的人家。如果是《哆啦A夢》的「石頭帽」，使用者造成或發出的聲響別人都聽不見。可是，我還沒到達這個境界。不知道是不是聽到我的腳步聲和制服的摩擦聲，學長停下來好幾次，一臉狐疑地環視四周。

我們走在點起一盞盞路燈的巷子，許多人家的抽風機飄出準備晚餐的香味，讓我忽然想起母親。我很喜歡母親做的菜。雖然幾乎不會一家四口圍著餐桌吃飯，但在旁邊看著母親、繼父和弟弟三個人說說笑笑，挾點火鍋裡的東西來吃，對我而言是最幸福的時光。

上条學長在一戶獨棟房子前面停下。鋪著草皮的庭院，大得可以請朋友來烤肉。學長拿出鑰匙打開門，說聲「我回來了」走進。我本來想趁門還開著的時候溜進去，但來不及，門就在我眼前關上，響起上鎖的聲音。

今天要不要到此爲止，回家好了？

不，我還想繼續。我想多了解學長。有沒有辦法進學長的房間呢？

我看到停在停車場的一輛腳踏車。銀色的防水套沒完全套好，隨風飄動。我把那扯下來，往路上扔。然後按了上条學長家的門鈴。他們家的門鈴有鏡頭和通話功能。

「喂。」

回應的是一個女性的聲音。應該是上条學長的母親。我對通話口說：

「不好意思，我看到路上有腳踏車套，不知道是不是你們家的……」

「哎呀，糟糕！」

屋內傳來在門口穿拖鞋的聲音。門一開，看似學長母親的人便趿著拖鞋來到外面。只見她東張西望在找我。但看不到抹消存在感的我。她發現脫踏車套攤開來掉落在巷裡，便先撿起來。我趁這個空檔進了屋。

我在玄關脫鞋，把鞋收進事先準備好的束口袋。先從正面走廊走進看看。進去是十坪左右的大客餐廳。餐桌上準備四人份的晚餐。學長家是四口之家。爸爸，媽媽，學長自己，剩下的那個，應該就是躺在沙發上看電視的那個女生了。

我靜悄悄地，偷偷看了她的長相。和學長很像，但稚嫩得多。根據我的事前調查，她應該叫作美優。學長的母親從玄關進來，那女孩爬起來問：

「幹嘛的？」

「應該是路過的人，告訴我們腳踏車套被風吹走了。」

「哦。哥怎麼沒發現？」

「那孩子有時候挺粗心的。」

我從交談的兩個人中間穿過去，離開了客餐廳。

學長在二樓嗎？我找到樓梯，便爬上去看看。雖然很暗，但總不能開燈。要是燈突然亮起來，他們一定會覺得很奇怪。

二樓的走廊上有好幾道門。其中一道門打開，光線從那裡透出。這時候，樓下傳來妹妹的聲音：

「哥，吃飯了。」

上条學長的頭從我正準備要偷看的房間探出來。

「爸呢？爸回來了？」

學長好像正在換衣服。只見他邊穿運動衫邊問。

學長的身體就在我眼前，我貼在牆上，一動也不敢動。

「爸說今天會比較晚回來。所以我們先吃。」

「我馬上下去。」

他們家習慣全家到齊才開飯嗎？學長回應了妹妹，然後又回房間。他是去拿手機。和春日部沙也加一樣是蘋果的iPhone。

我也緊跟著學長一起進房間環顧室內。書桌、電腦、床、小型電視、好幾種電視遊樂器。然後在桌上一個明顯的位置，放著一顆簽過名的籃球。除了脫下來的制服散亂在床上，其他都整理得很乾淨。

上条學長關燈，到一樓去吃晚餐。我被留在漆黑的室內，豎起耳朵聽學長的腳步聲在樓下遠去。

好啦，來翻學長的房間吧。

在這片芸芸眾生的土地，我悄悄地、卑微地生活著，不讓任何人發現。我的存在太過薄弱，即使直接擴散到空氣中消失了，恐怕也不會有任何人有任何感觸。有一段時期我是這麼想的。

被那個同學叫住，是在櫻花已經散盡，樹木開始冒出鮮嫩黃綠色葉片的時候。

「喂，妳昨天也在那裡吧？」

午休時，我坐在校舍後的陰影，正啃著甜麵包的時候，有個女同學走過來說。是不是有人站在我背後，然後她在跟我背後的人說話？我回頭確認，她卻覺得好笑說：

「不用裝傻了。妳這人真奇怪。大家好像都看不到妳。不過，我注意到囉，妳就在那裡。」

她說她叫春日部沙也加。和我一樣是一年級的。過去從來沒有人注意到存在有如空氣的我。她到底怎麼發現我、跟我說話的？

「就是覺得怪怪的，所以我就睜大眼睛仔細看。然後就看到啦。」

春日部沙也加能發現我不是偶然。恐怕受到她母親的影響。她母親從事校對小說、雜誌的工作，春日部沙也加說她從小就會幫忙。

「閱讀文章，要是發現錯字、漏字，零用錢就會加碼。後來我不用讀，看一眼就能看到錯誤。我們不是會把印了字的紙攤開來放在眼前嗎，只有出錯的地方看起來會亮亮的。不是眞的發光啦。就是覺得只有那裡怪怪的，仔細去看，那裡要不是漢字寫錯，就是漏了字。」

看來春日部沙也加培養出發現有異之處的能力。即使是難度很高的「比比看」挑錯，她也一秒就解開，瀏海只剪幾公釐，她也會立刻注意到。

我們不知不覺就成爲朋友。她是第一個會在我到學校時跟我說「早」的人。我之前甚至沒想要朋友的念頭。見到教室裡開心聊天的團體，我總覺得那是與我無關的世界。有一個午休時能聊天、放學後一起上街的朋友，我的人生爲之一變。自己心中模糊的不安消失了，我確信：自己這個存在雖然薄弱到極點，但我的確存活在這個世界，的確在呼吸。

但出事了。就在十一月底的時候。

「走進那條路的時候，我就覺得有點怪。明明是很熟悉的路，卻覺得很陌生。可是，回家的時間又已經太晚了，所以我沒有折回去……」

我聽到這些，是出事的第二天。她透過電話帶著哭聲告訴我。雖然歹徒沒得逞，但她的心靈深受創傷，從此不再上學。

那天晚上，春日部沙也加走在一條兩側都是雜木林、很少人會走的路上。因爲社團活動到太晚，天已經全黑。在那條路上，她越走越感到陌生。校對尋找錯漏字所訓練出來的直覺，告訴她情況不太對勁。

「好像會發生什麼事」——她才這樣提高警覺，樹叢後就有人衝出來。她還來不及尖叫，就被推倒且壓在那個人底下。那個人戴著面罩，是只露出眼睛和嘴巴的黑布面罩。

除了推倒她的人，還有另一人。另一人想把一團布塞進她嘴裡。應該是防止她大叫。即使戴著面罩，從身材和聲音也知道那是男人。

春日部沙也加拚死抵抗，她能脫身逃跑是個奇蹟。或許因為事發前那一剎那提高警覺，讓她在當下沒嚇得停止思考。

她去附近人家求救的時候，身上制服凌亂，臉上、手上都是傷痕。我聽了這件事，想起了母親。被父親打得遍體鱗傷的母親。

報警時，警方告訴她不久前發生過女性遭兩名男子聯手性侵的案件。與攻擊春日部沙也加的那兩人恐怕是同組犯人。他們很可能實際犯下更多案子，只是被害人沒有報案。像這樣的案件，被害者不敢報案的情形很多。春日部沙也加這次的事，犯人雖然沒得逞，但我一想像萬一得逞就毛骨聳然。

出事過一陣子，春日部沙也加把以下這番話告訴我。只告訴我一人。大概實在忍不住吧。

「伊織，我跟妳說，有一件事我一直很在意。我眞的不想想起來，可是就是記得好清楚。推倒我的那個男人臉上戴著面罩，只露出眼睛和嘴巴。我在路燈昏暗的燈光下看到了。那雙眼睛，我有印象。也許是我想太多了，所以我沒有跟警方說……可是，我之前每天都看……因爲我設成iPhone的桌布……伊織，妳說我該怎麼辦……犯人的眼睛，和那張照片的眼睛好像……」

她的iPhone桌布，就是我在籃球比賽中拍的上条學長照片。

4

樓下傳來玄關打開的聲音。好像是上条學長的父親回來了。我繼續調查室內，同時小心不發出任何聲響。我在找證明學長是犯人的線索。

春日部沙也加的說詞雖然指出上条學長是犯人之一的可能性，但事實如何還不知道。也許她誤認了。我雖然很想相信她，但說學長是犯人未免太離奇。難怪她會遲疑著不告訴警方。所以我決定私下調查。利用我空氣般的存在感跟蹤上条學長。調查他的人際關係，盡可能偷聽他和朋友的談話。假如學長是犯人之一，應該會和另一個犯人接觸，話中或許會透露出一些與犯案有關的蛛絲馬跡。

樓下傳來談笑聲。學長還沒要上二樓的樣子。書桌的抽屜我翻過了，裡面只有文具。不，抽屜底下還有裝文件的透明資料夾。夾在裡面的看來是手機合約。我在合約裡看到一張便條紙，上面寫著電子信箱和密碼。應該是怕忘記寫下來留底。

十分鐘後，上条學長回到房間。那時候，我正在翻衣櫥深處的一個紙箱。我發現有人上樓，趕緊把翻出來的東西放回衣櫥。帶著書包和裝鞋子的束口袋關了燈，趕往房間深處。但因爲眼睛還沒有適應黑暗，小趾頭撞到椅子。

椅子卡噹一聲移動了。我感到一陣劇痛。椅子撞到書桌，裝飾在上面的籃球因而晃動。我沒時間扶，只顧著滑進床底下約三十公分的空隙。

緊接著，學長就開了門。

「美優？」

走廊上的燈光照亮床頭。夾在床與地板間這段狹窄的視野中，籃球反彈，滾到學長腳邊。

「美優，是妳嗎？」

房間亮了。應該是學長開了燈。我看不到他的手。我此刻趴在床底下，只看得到學長的腳。

平常我不需要這樣躲也不會被別人看見，但現在我處在一個特別情況。小趾頭一陣陣地疼。這份疼痛讓我意識到自己也有肉體。擴散在空氣中的身體意念，以疼痛為中心描繪出輪廓。

我稍微能夠了解那些割腕女生的心情了。一個人可以藉由疼痛重新意識自己的身體，提醒自己還活在這個世界上。可是，可以不要現在嗎。在一波波疼痛平息前，我的樣子都會被人看到。要是學長往床底下看，那就大眼瞪小眼，發現入侵者的存在。

學長撿起籃球，似乎是把球放回桌上。

感覺到輕輕的腳步爬上了樓梯。好像是妹妹上樓來了。

「美優。」

「幹嘛？」

一雙穿著拖鞋的細腿，出現在敞開的門後。

「剛才有沒有地震？房子有沒有晃？」

「地震？沒有吧？怎麼了？」

「球自己掉下來了。而且，妳看，東西都有點偏了。我擺的一些小東西，方向都和平常不一樣。」

「搞不好鬧鬼哦。哥，你是不是在哪裡被女鬼纏上了？」

妹妹的腳往走廊那邊消失了。好像是進了自己的房間。因爲傳來門開關的聲音。

學長在房裡四處走動。穿著襪子的腳走過來又走過去。感覺上是一個個確認小東西的位置。後來，學長的腳就朝床靠來。終於要查看我躲的地方了。我做好心理準備。但學長嘆一口氣，在床上坐下。我身體上方的床墊往下沉，彈簧發出擠壓聲。

我心想：眞的是他嗎？不是春日部沙也加誤認嗎？萬一學長與案情無關，那我才是罪犯。像這樣跑進別人的房間，我到底在做什麼？要是被發現，絕對不是隨隨便便就算了。

一陣電子聲響起。好像是學長的iPhone。

「喂，我是上条。」

學長邊講電話邊起身，床發出唧唧聲，他接著關上敞開的房門。

「現在嗎？可以啊。曜川學長可以嗎？」

來電聽起來是個姓曜川的人。在卡拉ＯＫ那時候也提過這個名字。

「好的。三十分鐘後見。了解。」

講完電話，學長走向衣櫥。拿出衣服開始換。我從床底下僅看得到脫下的衣服掉在地板。有人敲門，然後門開了。

「哥，這是我跟你借的漫畫。咦？你要出去？」

「去便利商店。」

「那幫我買豆沙包。」

「我在換衣服啦，出去。」

學長關上門。感覺他們兄妹感情很好。這樣的學長，會對女性做出人稱性侵的暴力行爲嗎？

換好衣服即將出發時，學長翻起衣櫥深處的紙箱，從裡面抽出什麼東西。我扭動身體想看清楚，爭取視野把脖子伸到床的邊緣。

學長沒拿好，東西掉在地板上。是一塊黑色的布。學長撿起來的時候，布鬆鬆地垂下來攤開，讓我目睹那東西的模樣。是眼睛和嘴巴開洞的面罩。

學長停止動作。

也許聽到我倒抽一口氣的聲音。

學長彎下身，往床底下看。他的視線與我交會。

但感覺到視線交會的只有我，學長的視線掃視床底一圈，一臉鬆一口氣地站起來。

我的小趾頭已經不痛了。身體的意念再度擴散，我這個人的存在，又回到薄弱到學長看不見的程度。

學長把面罩塞進口袋。關掉房間的燈，然後關門走向樓梯。我在漆黑的房裡豎起耳朵。聽到他向父母說要出去。接著是大門的開關聲，以及腳踏車解鎖的聲音。

我終於爬出床底，走到窗邊。隔著玻璃看到跨上腳踏車外出的學長。他從家門前的那條路往車站的反方向騎，不久就被建築擋住看不見了。

學長有面罩。和犯人戴的一樣、眼睛和嘴巴有開口的那種黑色面罩。可是，慢著。剛才那會不會是禦寒用的？會不會因爲要頂著十二月的寒風到便利商店實在太冷，才帶著去的？一定是這樣。可是，剛才瞄到騎在腳踏車上的學長，他臉上什麼都沒戴。如果是禦寒，那騎上車就應該戴啊。現在又還不確定學長就是犯人。可是……我嘖一聲。如果學長眞的是性侵犯之一的話……

我走出房間下樓。顧不得有沒有發出聲音了。我從束口袋裡拿出自己的鞋子，迅速在門口穿上飛奔而出。

進門費一番工夫，但出去很簡單。打開門上的鎖，直接出來就好。就算被學長的家人看到，也只要逃跑就好。門沒鎖也無所謂。現在第一優先是追上上条學長。

若學長就是犯人，帶著面罩在晚間外出，那麼要做的恐怕就只有那件事了吧？剛才來電的，就是另一名犯人。而那通電話會不會就是相約犯罪？如果今晚他們要進行不知第幾次的犯案，那麼我必須在出現受害者前制止學長才行。

我在十二月冰冷的空氣中全力疾奔。一盞盞路燈串起的巷子裡，已經不見上条學長的身影。我朝腳踏車騎走的方向跑。從書包裡拿出手機，邊跑邊開機。怕手機破壞我的跟蹤行動，我一直關機。我從通訊錄裡找出春日部沙也加的號碼，打給她。鈴響幾秒，她就接了。

「喂！沙也加！妳現在方便講話嗎？」

「嗯，我在打電動。」

出事以來，她幾乎所有時間都待在家裡。她應該能使用電腦。

「我有東西想請妳幫忙查！」

「伊織，妳怎麼了？妳在跑步？」

「嗯，我正在跑！」

我右手提著書包，左手拿著手機抵住耳朵，一邊跑馬拉松。呼吸不順，說話也很困難。我平常不太運動，已經喘不過氣來了。可是一想到等一下可能發生的事，我就不能不跑。此刻，我正站在能否阻止犯案的緊要關頭。

因爲突然跑起來，我的肺好痛。我呼吸困難地向春日部沙也加解釋緣由。我沒告訴她我要調查上条學長，所以她非常傻眼。

「伊織，妳在搞什麼啊……」

「沙也加，我有東西想請妳幫我查。」

我拿出塞在口袋裡的一張紙條。是我從學長書桌抽屜裡拿來的。我把上面寫的電子信箱和密碼告訴春日部沙也加。

「妳能不能用這個看到學長的mail?」

電腦和網路方面，她懂得比我多。

「嗯。如果密碼沒換的話。只要能登入，應該就能使用一些服務。雖然不應該，但這時候顧不了那麼多了。」

「能不能找找看他有沒有跟一個姓曜川的人互通mail?搞不好有犯案地點的相關記錄。我必須找到學長的所在地。」

「那就不用看mail了。」

我因爲紅燈停下來。眼前是大馬路的十字路口。我呼出來的氣化成白霧散開。我靠在磚牆，決定在燈號變綠前稍事休息。我右手脫力，書包滑落。我一點都不想撿。等一下再回來撿吧。隔著手機，感覺得到沙也加在操作電腦。

「順利登入了。」

春日部沙也加鬆一口氣般說：

「然後，嗯，果然……伊織，我知道學長現在在哪裡了。」

「怎麼知道的?」

「我用手機定位服務。」

根據她的說明，這項服務是利用iPhone發送的電波，在地圖上顯示手機的所在地。因應手機遺失或被竊的狀況。只要手機開機，在電腦瀏覽器上登入就可以利用這個服務。根據地圖上顯示的資訊，現在學長手機正在市政府管理的公園。

「公園？」

「嗯。伊織現在在哪裡？走路不知道到不到得了？」

我把自己的位置告訴春日部沙也加，她看著網路上的地圖，告訴我公園的方位和距離。並不算太遠。燈號變綠了。我掛了電話，再度開跑。

我累得好幾次想停下來，但還是朝著那裡跑。跑過住宅區，見到茂密的樹林剪影了。這裡在我的生活圈外，我從沒來過。這是一座佔地廣大得看不到盡頭的公園。

爲了確認上条學長的位置，我在公園入口再次聯絡春日部沙也加。

「我想應該還在公園裡。但不是很確定。因爲沿著人行步道走過去後，電波就中斷了。我想關機了。」

聽她這麼說，我驚覺這代表什麼。iPhone關機，不就是怕突然響起來會有麻煩嗎？就和剛才的我一樣。學長現在也許正悄悄躲起來。

「我已經叫警察了。我匿名報警的。不知道他們願不願意出動？」

「我、我也不知道……」

連發出聲音都很辛苦。我多少年沒這樣跑步了？肚子好痛，好想蹲下。

「伊織，妳還好嗎？」

「我得、喘口氣……不然會被發現……」

我做了幾個深呼吸，看了豎立在入口的公園地圖。朝人行步道走就對了。學長應該躲在步道盡頭某處。我想像身體融化在黑暗中。我必須抹消存在感才能接近上条學長。

公園裡的路燈根本不夠。到處都是光線照不到之處。石板人行步道上散落著落葉。一踩到就會發出枯葉碎裂聲。因爲剛才跑步，我裡面的衣服都濕了。我深深吸氣和吐氣，冰凍的空氣跑進肺裡。

人行步道的盡頭是又深又濃的黑暗。要繼續往前走需要勇氣。我喚醒國中時的記憶。不敢幫助被欺負的同學，決定旁觀到底的後悔還殘留在內心深處。我握緊雙手。如果有什麼我能做的，我要勇敢做，不再逃避。我一步步踩向黑暗的深處。

眼前閃過小小的白色顆粒。細細的雪開始在夜晚的公園裡飛舞。只有在進入微弱的路燈燈光中時，雪粒才從黑暗中現身，一到光外便驟然消失。感覺好美。可是這片寂靜卻被突如其來的尖叫打破。

人行步道深處傳來驚慌騷亂的動靜。我小心注意不讓呼吸紊亂，快步走向那裡。在略微偏離石板處，感覺有數在喘氣。我的眼睛習慣了黑暗，看清狀況。兩名男子制住一名女孩。

女孩穿著休閒，購物袋掉落在身旁，裡面的東西灑了一地。兩腿拚命亂動，想掙脫騎在她身上的面罩男。但她雙手手腕被抓住，被按在地面上動不了。掙扎雙腿上的靴子被地面的落葉絆住。

另一個面罩男蹲在她的頭旁，拿一團手帕似的東西塞進她嘴裡。於是她再也無法發出聲音，女孩因爲恐懼而表情僵硬。

他們粗重的呼吸、衣服摩擦聲，全都在我眼前。哪一個才是上条學長？兩人體形相似，又用面罩蓋住了臉，上下身都是黑色衣服，我無從判斷。不僅無法判斷，他們按住一個女孩的樣子，根本不像人，像野狗。湊在一起爭食的野狗。

一名男子取出利刃。是塞住女孩嘴巴的那個。看到利刃，女孩的抵抗減弱了。眼淚奪眶而出，沿著側臉流下。另一名男子開始脫她的衣服。

他們用日語吼些什麼，但我無法辨識。因爲震驚、恐怖、憤怒，種種情緒在我心中交錯混雜。同時，又有一絲理智告訴我須保持呼吸平穩。呼吸一亂，我就會被看到。

我告訴自己要維持平常心，抬起旁邊一塊比較大的石頭。分量十足的石頭表面凹凸不平，有銳角。我舉起這塊石頭，在白雪飛舞中，悄悄走到他們身旁。

即使到伸手可及處，他們還是沒發現我。我拿石頭用力朝持刀的男子頭上砸下。手上感到一陣悶悶的衝擊。

看到突然頭破血流倒地的同伴，另一人愣住了。旁邊有一根正好適合打人的棒子，我悄無聲息地移動到那邊，撿起那根棒子。走到東張西望的男子身邊，朝著戴著面罩的側臉，用吃奶的力氣揮下。他一定覺得衝擊來得毫無預兆。他事前應該無法有任何防範。

在打到人的那一瞬間，棒子碎裂般折斷了。他歪著脖子撲在女孩身上，倒在地上一動也不動。

在雪粒閃現的公園裡，我想像自己的身體，將擴散在空中的存在感凝聚起來。因爲受害的女孩又驚又怕地提防著。

「已經沒事了。」

她辨識出我的模樣後，露出鬆一口氣的表情。大概是判斷一個穿著高中制服的女孩趁暗攻擊犯人，救了她。

她淚濕的臉頰上沾了泥。我幫她擦掉，安慰她的時候，幾名警察帶著手電筒朝我們過來。應該是收到春日部沙也加的通報而來。

解釋起來很麻煩，於是我再度抹消我的存在，離開那裡。我沒看完整件事就離開公園，因爲我想早一刻打電話聽春日部沙也加的聲音。

5

「好，時間到。」

老師看表後宣布。教室裡緊繃的空氣頓時放鬆，到處都發出語帶遺憾的「啊～」。因爲題目很多，很多同學無法在時間內全數答完。我吐一口氣，伸伸懶腰。第二學期的期末考考完了。

最後一排的同學收了考卷拿去給老師。一回神，我的考卷沒被收走，被跳過去了。當然，同學不是故意的。因爲即使是在常態，我的存在感還是太過薄弱。

老師在講桌上整理好考卷就要離開教室。我追上去。

「老師！老師！老師請等一下！我的考卷還在這裡！老師！」

結果我叫了好幾次，老師總算注意到我。我把考卷交給露出「這班有這個學生？」表情的老師。

短暫下課時間後，全校學生在體育館集合，舉行第二學期最後一次全校集會。校長走上講台，提醒大家寒假的注意事項。然後，不能不提學生犯下的醜聞。儘管難以啓齒，校長還是叮嚀大家絕對不可以再惹出那種事。

所謂的醜聞，當然是上条學長與籃球社ＯＢ曜川這兩個人，結夥性侵婦女並以現行犯逮捕這件事。因爲未成年，上報沒刊出姓名，但不用說，這件事當然轟動全校。曜川這個人就算了，但上条學長在校內是頗受好評的學生，造成的衝擊格外巨大。

聖誕節一過，街上就充滿過年味。在某個大晴天，我搭公車去看春日部沙也加。這是我第一次去她家。我邊走邊看事前問好、抄好怎麼走的紙條。從公車站起，一路上和放風箏的親子、遛狗的人擦身而過。風很冷，但天空清澈湛藍，好舒服。

我大概一個月沒看到春日部沙也加了。從電話和簡訊的聯絡中，我感覺得出她的情緒非常平靜，但她還是很怕外出，都關在房裡。

「我不想唸了。」

她前天晚上在電話裡這麼說。我挽留她，說暫時休學，等到可以外出再復學不就好了嗎，但她心意已決。學校裡沒有人不知道性侵案。只要上學，就會有人以好奇的眼光看她。她在意這個。

我要去的地址是一個公寓社區。白色稜角分明的公寓模樣在藍天下格外突出。我爬上樓梯走在三樓的通道，來到紙條所寫的門牌號碼前。門前掛著「春日部」的門牌。按了門鈴，有人應「來了」，金屬門打開。穿著運動服的她從門縫裡露臉。

「好久不見，我來了。」

我說。但她歪著頭，有點害怕的視線四處游移。

「咦？有人嗎？」

她的視線從我身上掃過。她好像看不見我了。一段時間不見，她就和別人一樣，看不見我了嗎？正當我開始不安，她定定地注視我的眼睛。

「我就是想說說看。」

「……我還是回去好了。」

「開玩笑的啦，伊織。好久不見，謝謝妳來。」

就像在學校屋頂聚在一起的那時候，我們一起笑了。這讓我鬆一口氣。

「妳是不是瘦了？聽妳說一直窩在房間裡，還以爲妳會變胖。」

「我有在注意。我有請媽媽買蛋糕回來哦。一起吃吧！」

「蛋糕？」

「嗯，像寶石一樣漂亮的蛋糕。」

「眞是好人家的孩子。」

「對，我就是好人家的孩子。」

我們在門口對望。公寓大樓的通道上有一整排金屬門，另一邊則是扶手。有開門聲，一個阿姨從三戶外的房門出來。她從通道上走過來，我閃開免得撞到她。

阿姨一臉訝異地向春日部沙也加點點頭，走過去。大概看不到我，只看到開了門站在那裡的春日部沙也加吧。在通路盡頭，阿姨又再次回頭朝這邊看一眼，才下了樓梯。

春日部沙也加嘆了一口氣，對我說：

「來，進來進來。一直佇在這裡，別人可能會以爲我因爲那件事腦袋壞掉了。自己一個人站在門口傻笑的繭居族，人家怎麼想？」

她拉著我走進屋裡。門在背後發出關上的聲音。我在有點昏暗的玄關問：

「瘀青呢？」

「都退了。」

「太好了……」

我不禁緊緊抱住她。春日部沙也加好像有點吃驚，但沒有把我推開。

「妳也太誇張了。」

她有些不好意思地說，摸摸我的頭。

早上醒來，望見一片藍天的時候，我有時候會打開房間的窗戶，閉上眼睛。心想我會不會就這樣化在風中被吸進天空。我會喜歡上什麼人嗎？還眞有點難以想像——我曾經這麼想，但我錯了。

過著高中生活，我明白了戀愛是什麼。除了她，沒有人會對我說「一起吃蛋糕吧」這種話。要是我告訴她我對她其實懷著什麼樣的感情，她會不會覺得噁心？我不敢告白，但這樣就好。因爲，擴散在空氣中的我的身體，在感覺到她體溫的這一瞬間，會找回比平常更明確的輪廓。

愛情十字路

我和他是在東京的行人專用時相十字路口認識的。

當燈號一變，所有人邁開腳步在大馬路中央交錯。雙眼所見淨是人頭和背影，每一手肘、每一包包都互相撞擊。當時還不習慣走在人群中的我，被行人所形成的巨浪吞沒。等我回過神，我手上的包包和一個年紀差不多的男人的勾在一起。我不斷道歉想把包包扯開，但包包卻詭異地糾纏。

我和他的包包提把像鎖鍊般形成一個8字形。這種事情平常是不可能發生的。必須將提把弄斷，穿過另一個包包的提把，再重新接合，否則無法形成這種狀態。

依照他的推論，是包包與包包撞擊的時候產生了量子穿隧效應，提把的分子彼此穿透了。這個現象宇宙重生一千次也未必見得會發生，但科學上是可能的。我完全聽不懂。我們帶著串在一起的兩個包包到附近找到店家買了一把剪刀。他剪斷了自己包包的提把，讓兩個包包分別獨立。

包包分開了，換成我們在一起。

我們變得很親密，我相信也許這就是愛。

我出生以來就一直住在鄉下。在那裡，時間過得很悠閒，每天就是吃完午飯窩在暖桌啃仙貝，然後就差不多要吃晚飯了。高中畢業後，我過著讓爸媽養的廢柴生活，結果他們逼我相親，於是我就逃到東京上專門學校。心裡也抱著期待，想說東京人那麼多，也許轉角就會遇上愛。

但我在東京沒有朋友，雖然展開一個人的生活，日子卻越過越空虛。還曾經被數位踩著舞步發面紙的人，上下前後左右全方位遞出面紙而不知如何是好。而我便是在所有的口袋都塞滿面紙的狀態下，在十字路口遇見包包勾住的他。

我們的交往很順利，彼此也開始意識到遲早會結婚，實際上卻跨不出那一步。這是有原因的。每次我們手牽著手要走過十字路口，不知爲何我們的手就是會分開。

人群一湧而上，然後退散。等車子過去，燈號一變，又是一波人潮。每次我和他牽著手要過行人專用時相十字路，不知爲何，我身上就是會發生穿隧效應。在人群推擠中，我明明牢牢握著他的手，但過完馬路走到對街一看，我卻抓著陌生人的手腕。我並沒有鬆手，也沒有脫滑。可是過完馬路一看，我的手握著的不是年輕男孩的手腕，就是大叔的手腕。對方要不是一臉驚愕地看著我，就是漲紅了臉。明明走到一半時牽的是他，卻在不知不覺中分隔兩地落了單。

東京人太多了。所以會發生穿隧效應。可是，這眞的是科學現象嗎？難道不是反應了自己的心？是不是因爲我對愛沒有絕對的信心，才會在人群推擠中不知不覺牽起了別的男人的手？不知何時起我開始這麼想，導致我遲疑著不敢邁向結婚。

和他一起外出的時候，我也開始避免經過行人專用時相十字路口了。一再被人群沖散，讓我對我們能否維持婚姻生活產生了疑問。就在這個時候，鄉下的父母又說我差不多該回鄉下了。我想和他談談這件事。碰面的時間地點是他決定的。

連假的最後一天，在澀谷。

那天一去，人潮果然如預期般驚人。行人走路的振動，甚至讓四周大樓的窗戶都微微顫動。一見面，他便一臉緊張地緊握我的手，走向車站前的行人專用時相十字路口。我跟著他走。放眼望去都是人，完全看不到地面。走在這樣的人群中，我一定又會在不知不覺間握住別人的手。可是他刻意選擇了假日的澀谷。選擇了全日本行人最密集的澀谷行人專用時相十字路口。我們向大都會的十字路口挑戰，非贏不可。

燈號變了，人們不約而同地向前走。我們牢牢握緊彼此的手，邁出腳步。眼前密密麻麻的人頭和背影。住在東京的人們。他們從前後左右推擠過來。

碰！錯身而過的男人的肩膀撞上來。身後有人叫我的名字。是他的聲音。一回頭，我從行人交錯的縫隙中看到他的臉。不知何時我牽起了一個陌生上班族的手。我趕緊鬆手，撥開人潮向他走去。彼此從人群的縫隙中伸出手，勉強互握。

叩！一個看似玩樂團的人所帶的吉他敲到我的頭。我痛得閉上眼睛的那一瞬間，才剛牽到手的他不見了。我牽著一個素不相識的高中男生，對方一臉錯愕。我放開手，尋找他的身影。我叫了他的名字，人潮的另一端有了回應。

「我在這裡！」「哪裡？」「後面！」

他的臉就在人群之後。我拚命把手伸到最長，中指指尖好不容易勾住了他的指尖。

咚！

我勾住一個中年大叔的手指。不是你啦！我甩開大叔的手指。人群遮住了他的身影，我跟丟了。我的身體在人潮的推擠下，宛如被狂風破浪玩弄的一根漂流木。他呼喊我的名字的聲音越來越遠。

我在人潮中逆流而行。

一雙手又揮，又撥，又推。我閃過西裝男子，鑽過高中女生的裙底，賣力躍過嬰兒車。跌。撞。壓。擠。我全身上下在人群之中受了傷。可是，我不能在這裡放棄。就算跟丟了，我們也能找到彼此、牽起彼此的手才對。必須證明這件事。證明我們就是做得到。證明我們可以牽手千千萬萬次。證明我們絕對不會讓對方落單。

我終於在人群的縫隙中看見他了。

他也在人潮中逆流奮鬥。彼此伸長了手，終於，碰到指尖。眼淚莫名上湧。食指互相勾住，將對方拉近，握住了彼此的手。我們身旁就是十字路口的對岸，於是我們就這樣握著手過了馬路。滿頭亂髮，渾身擦傷。但是，我們一起走過十字路口了。我們證明了。往後，無論我們分散多少次，也一定能夠找到彼此，伸出手，一同渡過。所以，沒問題的。我們不會有問題的。第二天，我們就回鄉下把他介紹給父母。

縮小燈大冒險

1

漏尿了。不是我，是我們家的狗來福。

來福是一隻白色鬈毛的小型犬，有點膽小。我從小學放學回家，把書包朝房間一丟，馬上就帶來福去散步，可是綁在鄰居家的杜賓狗一叫，來福就發抖，漏尿了。

「不能怪你啊。你和剛才那隻狗比，只有小狗狗那麼大嘛。」

我安慰垂頭喪氣的來福。

回到家，家裡收到一個有點特別的包裹。媽媽在廚房一臉爲難。

「剛才快遞送來的，可是我不記得我們有買東西呀。」

找不到單據。打開一看，裡面是一支手電筒。黃綠色和藍色的配色，整體的形狀圓圓的。輕輕轉一下就打開，出現了裝電池的地方。看起來要用兩顆二號電池。

「會不會是送錯了？」

「收下不就好了嗎。」

「那怎麼行。要還給人家。」

來福開始在包裹的盒子亂開，翻出了一小張紙。是使用說明書。上面印著「縮小燈」，大概是商品的名字。好像在哪裡聽過……

「等爸爸回來，再請他處理吧。現在得先準備晚飯才行。」

媽媽操作微波爐解凍冷凍的肉。我爲了喝茶，打開熱水壺的電源。突然間，天花板的燈熄了，房間伸手不見五指。停電了。用電量太大就會跳電變成這樣。黑暗中，聽到來福發出害怕的低鳴。

「手電筒不知道放到哪裡去了？」

「我有一個好主意。」

手電筒這裡不就有一支嗎。我摸索著從架上拿出二號電池。把電池裝進包裹裡的那支手電筒，打開開關。一道光束射出來，照亮了廚房的椅子。很好，會亮。我拿著手電筒往室內照。熱水壺、餐桌、微波爐、媽媽。媽媽因爲光很刺眼而皺起眉頭，緊接著，不可思議的現象就發生了。

「媽媽？妳在哪裡？」

我喊。因爲媽媽突然不見了。不光是媽媽，椅子、熱水壺、餐桌、微波爐也都不見了。廚房不知何時空蕩蕩的。我拿著手電筒在家裡到處照，尋找媽媽。可是，第一件事應該是要解決黑暗的問題。

我們家的配電箱設在浴室更衣處靠近天花板的牆上。我爬到洗衣機上，伸手扳斷路器。打開之後電應該就會來了。爸爸說很危險，不准我碰配電箱，可是現在是緊急狀況，爸爸應該會原諒我吧。

我以指尖啪嘁一聲打開斷路器的開關。走廊盡頭有光照進。應該是廚房的燈亮了。這時候，我滑了腳，從被我拿來墊腳的洗衣機上摔下來。

我一屁股重重摔在地上。手電筒脫手掉下，在地板上打轉，正好在朝著我打光的角度停下來。我被光照到，視野瞬間變成全白。然後我才發現媽媽突然不見、椅子和餐桌消失，這全都是「縮小燈」害的。媽媽應該一直都在廚房。只是因爲腳邊太暗，我沒看到而已。

來福發出不安的聲音，歪著頭看我。

我牠注視我的那雙眼睛，在很高很高的位置。一條巨犬幾乎是從我正上方俯視著我。我因爲腦袋一片混亂而不敢動彈。來福的鼻子朝我湊來。視野整個被黑色的鼻尖塡滿，我還以爲會被壓扁。噗啾！來福打了一個噴嚏，帶著水氣的一陣狂風迎面而來，把我整個人往後吹。

並不是來福變大了。大小出現變化的是我。

那支手電筒發出來的光，是會縮小物體的光。

2

身高變得只有十公分左右的媽媽努力爬上廚房的瓦斯爐，正在做晚飯。雙手抓緊巨大的湯勺，攪動奶油燉肉；又拿罐頭墊腳，查看鍋裡的狀況。

「千萬不要掉進去哦！」

我背著鹽罐，搬給媽媽時說。都已經處在這種狀況了，媽媽還是要準備晚飯。媽媽要我幫忙把馬鈴薯和洋蔥搬到巨大的砧板削皮，奮力扛菜刀切塊。兩人合力，但還是工程浩大。我還差點被滾過來的馬鈴薯壓成重傷。

「我們怎麼會變成這樣呀？」

「一定是『縮小燈』的關係。媽，我出去一下喔。」

幫忙做菜告一段落，一閒下來，好奇心就突然抬頭。我實在不能再乖乖待在家裡。我把果汁機的電線垂到地板，沿著線爬下。

「你要去哪裡？」

媽媽從有如懸崖的流理台上探出頭來。

「我要好好享受變小的身體！」

一吹口哨，來福便卡掐卡掐指甲刮著地跑過來。牠在我眼前緊急煞車，造成的風壓吹得我東倒西歪。

「來福，載我一下。我想去一個地方。」

剛知道自己身體被縮小的時候頭腦很混亂，但仔細想想，這樣不是正好嗎。我想到班上叫春風栞的同學。

春風栞是第二學期初轉學來的女生。她是美少女，總一副高傲冷漠，班上男生一大半都對她一見鍾情。可是我從來沒跟栞說過話，不知道該怎麼跟她說話才好。於是，包括我在內的一群班上男同學就開始亂來，掀女生裙子。對我們來說，掀裙子是與女生溝通的一環。即使受到女同學的白眼，我們還是勇敢地向栞的裙子挑戰。但她的運動神經和反射神經遠遠超過小學生水準。不但輕巧躲過我們的攻擊，還反過來把我們絆倒。我們一個個跌得四腳朝天，而她則以輕蔑的眼光俯視我們。

但以我現在這麼小的身體悄悄接近她，要看她的裙底風光應該易如反掌。只要接近的時候小心不要被踩到就好。偷偷抬頭朝大腿看，那個角度應該可以看到裙子裡面。既然是男子漢，當然要勇往直前。我抓住來福的白色鬈毛，爬到他的背上。

「出發！冒險！先到玄關！」

來福的爪子卡掐卡掐地開跑。爲了開門，我要來福用後腿站立，我在牠的鼻子上墊起腳尖，轉開門鎖。然後跳到門把上，整個人掛在上面，靠這股力道轉動門把。

「來福！就是現在！推門！」

我看清楚門開一道縫，就跳到來福背上。因爲沒合腳的鞋子，我就光腳出門了。

外面吹著舒適宜人的晚風。來福跑過路燈點點的住宅區。我抓緊牠的白色鬈毛，免得被甩下去。來福鑽過護欄底下，經過停車的車與車之間。一溜煙穿過施工工地的欄杆，鑽過空地上的下水道陶管。郵筒也好，招牌也好，就連雜草也是，全都變得好巨大，好好玩。

「就是這裡！」

春風琹的家位在高級住宅區。她爸爸聽說是骨川集團旗下公司的董事。換句話說，她是有錢人家的千金小姐。我騎在來福背上仰望氣派的和風大門。

好啦，接下來該怎麼辦？要偷看琹的裙底風光，是不是只能偷偷進去、找到她的房間、躲在床腳下還是哪裡呢？可這樣算不算是非法入侵民宅？

我想到一個好主意：把琹叫出來。抬頭看門柱，有門鈴。是有對講機可以和室內通話的那種。

門柱旁有一棵垂柳，長長的樹枝垂到地面。我攀住垂柳的樹枝，像泰山似地一枝換過一枝，最後跳到門鈴上。我雙手掛在上面，靠踢的用腳底按了門鈴。

「喂，請問是哪位？」

對講機裡傳來女性的聲音。聽起來不是栞。媽媽嗎？我對麥克風說話。我沒報名字，說我是同學。

「有講議要給栞同學，請問她在家嗎？」

「小姐去補習還沒有回來。我替她收下吧？」

看樣子栞不在。我覺得有點可惜。

一吹口哨，來福就跑到我正下方。我往門鈴一踢，跳過去攀住垂柳枝，滑也似地降落在來福背上。過一會兒門旁邊的小門開了，一個看似幫傭的女性走出來。外面一個人都沒有，她歪著頭覺得奇怪。離門不遠處停著一輛白色的休旅車，我和來福就躲在後面。女傭過一會就回到屋裡了。

「我們就在這裡等栞回來吧。」

來福嗚了一聲。來都來了，無論如何都要偷看一下裙子底下。我靠在休旅車的輪胎上仰望夜空。高掛的白色月亮，讓我想起那張冷傲美麗的臉蛋。絆倒我、投射在我身上的輕蔑眼光又復甦了。我喜歡她嗎？我還不太了解自己的感情。看了她的裙底風光，然後呢？只是要以勝利姿勢到處宣揚看過了嗎？我是想看她低頭害羞嗎？還是想看她生氣的臉？

我搖搖頭。決定不再舉旗不定，東想西想。我就是要看。就這樣。

有車子的聲音，四周被車燈照亮了。一輛高級房車駛近了住宅區的巷子。春風栞上下學和補習都有車子接送，現在出現的就是那時候看過的車子。

「來福，栞就在那輛車上。要看好她下車的時候哦。」

我爬上白毛雜亂叢生的背。但這時事情發生意想不到的變化。

休旅車的門突然就在我們旁邊打開。一個高高瘦瘦的老爺爺一下車，就蹣跚地走過來，搖搖晃晃地倒在栞家門前。身體很不舒服的樣子。栞坐的高級房車在老爺爺面前停下來，司機很擔心地下了車。

「您還好嗎？」

司機過去問的時候，老爺爺忽然一骨碌爬起來，拿了一個東西按在司機的脖子上。啪嚓一聲，司機就軟倒了。是高壓電流的電擊棒。我在電視劇裡看過。

那個人丟下司機不管，朝高級房車的後座走去。身手很靈活。看起來只是打扮成老爺爺而已。一開車門，栞就在那裡。平常冷傲的臉，這時候也僵了。

「你是誰？」

他抓住不願服從的栞手臂，用力把她從後座拉出來。栞抵抗，但畢竟敵不過大人的力氣。栞被帶上休旅車。駕駛座上還有一人，看樣子在待機。栞一被推上車，引擎就同時轟轟作響，車子就開動了。撇下沒人的高級房車、倒在地上的司機和我們。我傻了，只知道愣在那裡看，但很快就振作精神大喊：

「來福！我們追！」

汪！來福叫一聲，一身雜亂白毛的身體向前衝。

3

這是綁架。我緊抓著在夜裡疾馳的來福心裡這麼想。要報警才行。不，要先查出休旅車的去向。可是一來到直線道路上，來福就追不上了。距離被拉開，就快看不到車身。他們被紅燈攔下的時候，又可以縮短距離。我們穿過違停的腳踏車，從等紅綠燈的車子大燈前橫越而過。經過車站前行人很多的地方。來福從行人的腳之間鑽過。行人因爲有狗突然出現嚇得大叫。不知道有沒有人發現有個人騎在狗背上？

跟丟休旅車，來福的鼻子貼近路面尋找他們的行蹤。牠朝著海的方向叫，我決定相信牠。沿海有一塊地蓋了很多倉庫。那裡沒有行人，路上也很少有車輛通行。

漆黑的海面上，映著遠遠的工廠地區燈光。休旅車就停在某座倉庫前。車裡沒有人，但一摸車身，是溫熱的。

「來福，要是你會說話，我就叫你找公共電話報警了。你在這裡等。我一個人到倉庫裡面看看。」

我想確認琹的狀況。我從來福背上下來，走向倉庫。貨物的出入口是關上的，但小門敞開，裡面透出燈光。

我走進倉庫。對現在的我來說，空間簡直巨大得像宇宙。天花板在好高好高的位置，上面掛著好幾盞燈。裡面堆好多金屬製的貨櫃，水泥地面上積了許多塵沙，赤腳走在上面刺刺的。我留下一點一點的腳印，但因爲太小了，應該不至於會被發現。我沿著貨櫃走，在轉角的地方出現一具化成白骨的老鼠屍體，嚇了我一跳。這時候，我聽到兩個男人的對話。

「終於安分下來了。」

「大概是藥力生效了。哎喲喂，餵她吃藥累死我了。你看看，被她咬成這樣。」

我躲在貨櫃的暗處觀察狀況。在紛雜的貨物之間有一張沙發。琹就躺在上面。像睡著了。

兩名男子俯視琹的睡臉。一個高高瘦瘦，另一個是胖子。打扮成老人的，應該是高高瘦瘦的那個。他身上還留著些許扮裝的痕跡。

「長得還真美。」

胖子的手指抵在琹的臉頰上滑動。他好色的表情讓我很生氣。

他們把那個區塊布置成客餐廳。沙發旁有觀葉植物，連冰箱、廚房吧檯都有。這裡一定就是綁架犯的巢穴。這對七爺八爺聚在餐桌的電話前。我趁這個空檔跑向沙發。琹的手從軟墊上垂下來，我雙手抓住她的指尖，用力搖。

「醒來！」

我大喊。綁架犯的對話立刻停頓。感覺他們回頭看。我趕緊找地方躲。一塊灰色的布從沙發上垂下。是琹的裙襬。我躲到那後面，觀察狀況。

「剛才是不是有人在講話？」

「沒有吧？應該是聽錯了。別管那些了，大哥，時間差不多了……」

「好，我知道。」

瘦子拿起聽筒，開始講電話：

「喂，春風家吧？不知道司機醒了沒？醒了，那你們就應該知道是怎麼回事了吧。可別妄想打電話報警哦。準備好我說的金額。否則，你就再也見不到你女兒了。」

綁架犯提出的金額是一筆天文數字。瘦子說明如何交付贖款時，胖子一副坐立難安地走來走去。我依舊躲在觸感很好的灰布裡觀察他們。

胖子擦汗，從口袋裡取出手帕。這時，有東西一起被掏出來掉在腳邊。他們兩個的心思全都在電話上，沒注意到。我睜大眼睛仔細看，知道那是什麼。我猜，一定是那個沒錯。

好了，這下該怎麼辦？應該離開倉庫找公共電話報警嗎？可是，要是附近沒有公共電話呢？要是警察太晚趕到呢？我想起剛才胖子摸琹臉頰的樣子。不能再磨蹭下去了。我必須現在就當場撂倒這兩個綁架犯。

我先確定他們都專心講電話，然後衝出去。我繞到觀葉植物的盆栽那裡，在家具底下移動。路上設有捕鼠器，我差點誤觸機關，但還是靠近綁架犯腳邊。

「要聽她說話？沒辦法。我用藥把她迷昏了。那就麻煩你們啦！」

卡鏘一聲，瘦子掛了電話。

「我們提前慶祝吧！我餓了。」

他們兩人朝冰箱和廚房吧檯的方向移動。我從家具的縫隙裡跑出來。鑽過胖子腳底，撿回他口袋掉落的東西。東西很大，我必須張開雙手才抱得起來。可是重量並不重。

那是白色的藥丸。透明塑膠製的一大片，上面是一排排的突起，每一個突起裡面是一顆藥丸。裡面已經少了幾顆，大概是給琹吃了吧。這八成是安眠藥。只要利用這個，就算身體小小的，還是可能把琹救出來。

4

那兩個人從冰箱裡拿出啤酒、起司、杏仁擺在桌上時，我在家具的縫隙裡做好準備。我用撿來的鐵絲撬開藥丸上的銀紙，取出白色藥丸，塞進左右兩邊的口袋。被縮小的長褲口袋，裝一顆就滿了，所以我把其他的放進襯衫內側。

胖子用鍋子燒水開始做義大利麵，瘦子在兩個玻璃杯裡倒啤酒。

「別喝得太醉，我們還要去收錢。」

「等我們發了大財，再好好喝一場來慶祝。」

我抬頭看，一條黑色的電線從桌上的電話機垂到地板。是電話線。我拉著那條線爬上去。對被縮小的我來說，這等於垂直爬上大樓屋頂。還好體重也變輕了，所以我總算沒有中途放棄。半路上滴下來的汗水，落到好遠的地面。

我的手攀住桌子邊緣，一爬上去就躲在電話機後面。啤酒瓶、玻璃杯、酸黃瓜罐排排站，簡直就像一座座高樓。對現在的我來說，個個都是龐然大物。我躲在這些東西後伺機而動。

綁架犯們走過來，他們的影子整個蓋住我的藏身處。他們拿起啤酒乾杯。才喝一口，胖子就去做義大利麵，瘦子走向餐具櫃。他們放下喝了一口的玻璃杯。

就是現在！我跳過盛在盤上的起司山，往玻璃杯前進。我把身上所有的藥丸全部丟進兩個杯裡，啤酒就咻咻起泡。藥丸不會馬上溶解，但被泡泡擋住看不見。這樣就沒問題了。快離開餐桌吧。抓著電話線一路滑到地板上。但是，就在這時候。

「大哥，麻煩騰出位子放義大利麵。」

「沒問題。」

瘦子走近餐桌，拿起電話機，移到地上。我趕緊躲到酸黃瓜罐後面藏身，同時不知道該怎麼辦。因爲我失去從餐桌上脫身的方法。

綁架犯用唱片播放音樂，又是跳舞，又是吃起司的。每次他們靠近餐桌，我都要躲到酸黃瓜罐或啤酒瓶後面，努力不被他們發現。一次甚至躲在捲起來的生火腿裡面。不久，胖子把義大利麵做好了，盛盤後端上餐桌。兩人大口猛喝啤酒，把杯子裡的酒都喝光了。那些藥究竟會有多少藥效呢？

「應該還可以再來一杯。」

瘦子從冰箱裡拿來一瓶啤酒。我看到胖子走向沙發。一想像他那張好色的臉，我就起雞皮疙瘩。一回神，我已經跑到餐桌邊緣。

「不准靠近琹！」

我大喊，然後才發現糟了，趕緊閉嘴。

胖子停下腳步環顧四周。雖然我匆匆躲起來，但瘦子已經發現我，正在揉眼睛。

「奇怪了。我明明沒喝多少，怎麼好像醉了。」

胖子也發現我，一臉驚嚇。

「有小人！小人！」

既然被發現就沒輒了。我打起精神，把嗓門扯到最大喊：

「你們這些可惡的綁架犯！快放了琹！不然我要報警！我已經記住你們的長相了！你們逃不掉的！」

一開始他們又驚又怕，遠遠地觀察我。但聽了我說的話，臉色就變了。大概是判斷不能放我走，否則有危險。

「先、先抓住再說！」

「嘿！」

他們靠過來要抓我。

我在餐桌上四處逃竄。四隻手亂丟盤子追趕我。我被手心前後夾擊，往旁邊一跳，瘦子和胖子就撞在一起跌倒了。我跳過倒下的啤酒瓶，把果乾推倒。忽左忽右地逃逸，戲弄他們。

但我要跑過起司上面的時候，奶油起司出奇軟，我的光腳陷在裡面抽不出來。走投無路，我跳進旁邊的義大利麵，卻因爲太燙差點燙傷。胖子拿叉子捲麵，我匆匆逃出來時，被剛才裝過啤酒的玻璃杯罩住了。我跑不掉了。

「你是什麼東西？」

瘦子把臉湊近玻璃杯。比現在的我巨大多的臉佔據所有視野。我抬頭看著他大叫：

「我是栞的同班同學！」

「憑你這麼一點點？」

瘦子小心翼翼地不讓我逃走，拿起玻璃杯，手指捏住我的衣領把我拎起來。

「放開我！」

我雙腳在半空中亂踢。

不知何時，他們的腳步開始踉蹌了。藥生效了嗎？瘦子拎著我，走向瓦斯爐。鍋子裡還有滿滿一鍋剛煮過義大利麵的熱水。他點了火，要把水煮開。看來打算要把我扔進去。見到我著急，胖子高聲笑了。我不斷喊栞。快醒來！快逃！栞！起來！鍋子裡的熱水滾了。就在我要被丟進鍋裡的那一剎那，我心想已經沒救了。但在這時，瘦子突然哀叫。一隻鬈毛的白色小型犬咬住了他的腿。

來福！大概聽到我的聲音，從外面衝進來。來福勇敢地撲上來。用身體撞胖子，胖子的手臂撞到鍋子，熱水潑了出來。來福怕熱水而退開。兩個綁架犯看清來福是不足爲懼的小型犬，轉守爲攻。在兩個人的威嚇下，來福大聲吠叫。但絲毫沒要逃跑。牠對著比自己大上好幾倍的綁架犯吠呀吠呀狂吠不止。即使被踢得滿身傷，還是不斷重新站起勇往直前。

「這畜牲！」

瘦子抓起我扔向來福。但我的身體從來福頭頂上飛過，被丟得好遠。著地的地方是躺在沙發上的琹的屁股，我被軟軟地彈開。

最後，他們因爲藥效而東倒西歪，敵不過來福的氣勢。被逼到貨物亂堆的那一區，雙腿打結跌倒。貨物倒下來，在塵土飛揚中，嘩啦啦地倒往他們身上。塵埃落定後，綁架犯的四隻腳從小山般貨物底下露出，而遍體鱗傷的來福則一臉驕傲地站在那座小山前。

5

我騎著來福回到家，爸爸和媽媽出來迎接我。廚房的家俱和媽媽的身高都復原了。原來是下班回家的爸爸看了「縮小燈」的說明書，找出復原的方法。上面有一個發出解除光線的按鈕，照了那種光，就能恢復原來大小。我立刻照了解除光線，治療來福的傷時，聽到外面傳來警車來來去去的聲音。

「出了什麼事嗎？」媽媽覺得奇怪。

聽那聲音，全市的警車鐵定都開到倉庫那裡了。我心裡這麼想，但什麼都沒說。我把犯人綁起來讓他們不能動彈。靠那小小的身體要綁住大人實在不容易，但我像《格列佛遊記》裡小人綁住格列佛那樣，把他們綁起來。我本來想一直待到親眼見到警察救出琹，但怕回家太晚，爸爸媽媽會擔心，所以打公共電話報警就回家了。當然，琹當天晚上就受到警方保護，綁架犯也被逮捕了。這就是整件事情的經過。

那個手電筒，第二天快遞業者就來家裡收回去了。兩個犯人胡說什麼看到小人之類的話，當然沒人會相信。而自從經歷過這件大事，來福散步時被杜賓狗吠了也不再漏尿了。

雖然還是有點怕，但現在已經可以昂著頭，筆直地從那傢伙面前走過。

如果說還有其他變化，那就是跟我和栞有關。有一天我正帶著來福散步，一輛眼熟的車停在我面前，栞從後座下車。仍舊一臉冷傲的她問我：

「你知道發生過綁架案吧？我被餵藥昏睡的時候，好像聽到了你的聲音。那時候叫我的是你嗎？幫忙報警的，是不是就是你？」

我當然裝死，完全不承認。

因爲，如果要解釋眞正發生的事，就得招認我爲了掀她的裙子跑到她家去啊！

控火人湯川小姐

1

嚴防火災！
出門請記得關暖氣！

管理員留

我把警語貼在住戶顯而易見之處。

我討厭冬天。空氣乾燥，一點火星也會立刻延燒釀成火災。像我們這種老舊的木造公寓會轉眼化為灰燼。所以一到這個時節，我都會貼這樣的警語。

叔叔擁有的六花莊這幢公寓，位於錯縱複雜的住宅區。兩層樓的木造公寓，外牆破破爛爛。對外的鐵製樓梯布滿鐵鏽。幾年前，叔叔可憐我這個無家可歸的高中生，讓我住在六花莊。叔叔說不必付房租，但精打細算的嬸嬸反對。結果，我成了住在這裡的管理員。我領管理員的薪水，然後用部分薪水來付房租。

我考上可以從六花莊通學的大學，靠著獎學金上學。上完一天的課，同學有時候會相約去玩。

「等一下要不要去唱歌？也有女生會來哦。」

「抱歉，我今天得回去修房子漏水。」

六花莊實在太過老舊，問題叢生。漏水、管線阻塞是家常便飯，要是每次都找專業的人來維修，錢再多都不夠。所以由我出面直接解決問題。我因此而婉拒的玩樂邀約數都數不清。臨時不能和朋友打保齡球，臨時不能烤肉，臨時不能去聚餐。結果也沒機會認識女生，朋友之間只有我沒交到女朋友。眼看著大學同學打情罵俏卿卿我我，我只能回去修六花莊不通的馬桶。漸漸地，朋友就不約我了。

但我並不討厭這份工作。對不知正常家庭爲何物的我而言，六花莊住戶的溫暖無可取代。

「管理員，我做太多滷菜了，你拿一點回去。」

獨居於一〇二號的立花太太常常送我滷菜。

「喏，給你。謝謝你幫我們換日光燈。」

二〇三號單親家庭的小女孩名叫秋山香澄，她總會給我一顆汽水糖。

六花莊全部共六個房間。牆壁很薄，房間又小，但房租便宜得驚人。住在這裡的都是低所得的人，其中也有人領政府的社會津貼。但這裡沒有壞人。我在群蜂圍攻之中摘除屋簷下的蜂巢時，全體住戶拍手作爲溫情鼓勵。而湯川小姐便是在初冬搬進我們這六花莊的。

原本住二〇一號的中年女子來找我，說要搬走。她結過三次還四次婚都失敗告終，後來陪酒賣笑維生，但這次她就要結第四或第五次婚了。次月她搬走後房間便空了出來。這是夏天的事。

我立刻招租。拜託一向合作往來的房仲業者，但遲遲找不到新住戶。儘管有好幾個人受到低廉房租的吸引來看房，但這年頭沒人想住沒冷氣的公寓。二〇一號一空就是半年。沒人住就沒房租收入。我這個管理員很可能被減薪。這時候，一名年輕女子跟著房仲大叔來看房。

「敝姓湯川，請多指教。」

她戰戰兢兢地行了一禮。我對她的第一印象是：大概是第一次一個人住的女大學生。她好像在看什麼稀奇的東西，望著並排在一起的信箱和鐵製樓梯。她身高和我差不多，臉蛋很漂亮。又直又順的長髮在日光下看起來是紅褐色的。但像是天生而非染的。最驚人的是她純白如新雪的肌膚。我後來才知道，原來她外婆是俄羅斯人，她有四分之一的外國血統。

我打開二〇一號的鎖，帶房仲和她看屋。一點二五坪的房間站三個人便顯得好侷促。絕大多數看房的人一進屋，當場就會出現心涼一截的氣氛。他們臉上會露出「這裡怎麼可能住人」的表情。但湯川小姐不同。

「眞好。好可愛的房間。」

她嘴角露出笑容點頭說。指尖在小小的流理台和單口瓦斯爐上輕輕撫過。

「這裡可以住人呢。」

「那當然了。這裡本來就是要讓人住的。」

房仲大叔說。氣氛融洽。不禁使我心懷期待：她也許肯搬進來。但正當我想打開窗戶的時候，窗戶卻卡住打不開。我用力開弄得窗戶卡嗒作響，揚起了灰塵。湯川小姐皺皺鼻子，打了一個噴嚏。

啪嘁！有什麼東西爆開的聲音。然後出現一股焦味。我心頭一驚，視線四處巡視。會不會是哪個房間發生火災了？可是沒看到類似徵兆。我反而和伸手按住口鼻的湯川小姐四目相對。她的眼眸心虛似地轉了一下，然後別開了。焦味很快就消散，我想是我太神經緊張了。

參觀完，湯川小姐和房仲大叔走了。那天傍晚接到電話，得知她決定入住六花莊。她在房仲辦公室簽的租屋合約送到六花莊。我看了她在上面塡的名字。

湯川四季。

她小時候八成常被叫熱水器什麼的，被別人拿她的名字來取笑（註）。年齡二十五歲。保證人那一欄填了一個男性名字和住址電話。與租屋人的關係寫「父」，但姓氏並不是湯川。會不會是家庭關係複雜？不過，應該沒問題吧。既然房仲都確認過認爲OK了。

湯川小姐選好搬家的日子，我進行設備的最後檢查。看看有沒有漏水、管線有沒有堵塞。這時候，我發現一件讓我有點納悶的事。二〇一號的榻榻米上有一個小黑點。大小和螞蟻差不多。我湊過去看，看起來像榻榻米表面有一點點焦掉。這個焦痕本來就有嗎？

後來我知道那是湯川小姐弄出來的。

她看屋的時候打了噴嚏。一瞬間，這個焦痕同時誕生。說來奇怪，她身邊就是會發生這類現象。就像冬天穿毛衣會產生靜電一樣，她一打噴嚏，榻榻米或牆上就會出現焦痕。一個絕對不能讓她在空氣乾燥的季節住進易燃的木造老公寓人物。那就是湯川四季。以後我應該在租屋合約上註明：謝絕pyrokinesis。

Pyrokinesis是超能力的一種，指可以憑空起火的能力。Pyro是希臘文的「火」，kinesis則是「動」的意思。最早使用這個詞的是作家史蒂芬·金，他將小說《燃燒的凝視》的女主角少女設定爲pyrokinesis。但這種能力並不僅出現在故事裡。例如一九六五年巴西的聖保羅、一九八三年義大利，以及一九八六年烏克蘭的頓內茨克，都曾在沒有火源的地方發生火災。這些火災都只發生在特定的某個少年或少女所在之處，也有人認爲是他們的pyrokinesis能力使他們在無意識之中產生了火。

湯川小姐搬家低調安靜。她的東西就只有一個行李箱，也沒要搬家俱進來的樣子，就這樣結束了。她一間間敲六花莊住戶的門打招呼，實在非常清純生澀。

她搬進來不久，我在附近的超市買東西時，有人叫了我。

「管理員。」

一回頭，湯川小姐站在熟食區。泛紅的長髮從毛線帽底下垂落。

「你來得正好。這個，要怎麼買？」

她指著超市販售的可樂餅。看來她不知道這裡的賣法。這家超市採用的方式，是將熟食區的可樂餅放進專用的托盤，拿到櫃台結帳。我這樣向她說明，她緊接著提出下一個問題：

「我想做咖哩。架上有好多咖哩塊，我不知道該買哪一種。」

「哪一種都可以吧？我想每一種都差不多。」

「是這樣嗎？」

註：湯川四季的發音為yukawasiki，與日文的熱水器yuwakasiki非常近似。

「妳沒做過咖哩嗎？」

湯川小姐點點頭。於是我就順便幫忙她買東西。她很多不食人間煙火的地方。還說這是她第一次一個人上超市買東西。

「平常都有女傭照顧我的生活起居。」

她在收銀台拿出錢包的時候，我稍微看到一眼。裡面裝了大量的萬圓鈔。她到底是哪個有錢人家的千金呢？但那樣的人爲什麼要一個人搬到六花莊來住？身爲管理員我其實不該這麼說，但她大可住好一點的地方啊。

我們各自提著自己的購物袋，走在回六花莊的路上。天已經全黑了，路燈亮了。我們在路上的話題是關於鄰近設施。我告訴她醫院、郵局、派出所的地點。她特別想知道消防署的位置。從打電話到消防車趕到六花莊要幾分鐘啦、水車要從哪裡拉水過來啦等等，問得很詳細。

一回到六花莊，就看到我住的一〇一號前有人。是一〇三號那對老夫婦的先生。他正在按門鈴。

「東先生，怎麼了嗎？」

「哎呀，管理員，你回來得正好。」

老先生鬆一口氣。順道介紹一下，東先生夫婦二人把人生全獻給賽馬和小鋼珠。最近太太癱瘓了，由他照顧。

「問題來了，熱水器沒熱水。好像壞了。」

我嘆一口氣，心想又來了。東先生說，他想讓太太泡個澡，在浴缸裡放熱水，但流出來的都是冷水。

我決定看看一〇三號的熱水器。我打開門旁邊的面板試著調整。請東先生進浴室看看有沒有熱水。但水依然是冷的。湯川小姐並沒有回房間，而是站在鐵製樓梯旁，很感興趣地看著我的一舉一動。浴室的小窗面向通道。只要打開窗戶，就能邊修理熱水器邊和浴室裡的東先生說話。

「不行啊，管理員，還是冷的。」

「這就不是外行人解決得了的問題了。我們請業者來吧。」

「給你添麻煩了……」

透過小窗，可以看見東先生身後是放滿一整缸水的浴缸。浴缸很小，坐進去無法把腳伸直。我當場拿出手機請人來修理熱水器。通完電話，我隔著小窗報告：

「明天就會來修。」

「那，今天就先放棄好了。」

「不好意思……」

東先生打開門走出來。提著購物袋的湯川小姐走過來，從一〇三號的小窗朝浴室看了一眼。然後她回頭向東先生點頭打招呼：

「啊，您好。我是湯川，剛搬到二〇一。」

「之前妳才來打過招呼嘛。」

東先生露出慈祥的笑容，

「像妳這樣年輕的女孩，怎麼會搬到這種破爛公寓呢？是不是躲債什麼的？」

「東先生……！」

我以空手道的手刀輕輕砍了老先生的頭部側面。湯川小姐苦笑著搖頭。躲債的人錢包裡怎麼可能有那麼多萬圓鈔。她離開浴室的小窗走向鐵製樓梯。她住二〇一號，也就是我的正上方。

「管理員，謝謝你陪我買東西。還有，東先生，浴缸裡的水熱了。」

她留下這句莫名其妙的話上了樓。我和東先生都很納悶。這時候，我發現小窗冒出水蒸氣。往裡面一看，蒸氣的來源是浴缸裡的冷水。不，那已經不是冷水了。東先生走進浴室伸手探浴缸。「好燙！」他叫著趕緊把手抽出。明明沒有重新加熱功能，但冷水不知何時變成熱水了。

湯川小姐搬進來約兩週後，冬天開始眞正發威了。我穿得厚厚的，鑽進暖桌，邊聽收音機播放的氣象預報，寫學校要交的報告。風吹得窗戶震動，寒氣從縫裡滲進來。有人按門鈴，我應聲開門，湯川小姐就站在門外。

「管理員，你現在有空嗎？」

「怎麼了？」

「有點事想請教一下。剛才，我從垃圾場撿了一台電視。」

「撿到電視？」

「我沒什麼機會碰電視。看到就很高興地搬回來了，可是不能看……是不是壞掉了啊……」

「很可能，既然本來是被丟掉的。請問一下，插頭有插吧？」

「當然有！」

湯川小姐一臉受傷的樣子。

「那，天線呢？」

「咦？」

「天線有接上嗎？」

「我聽不懂管理員在說什麼。」

「那，我去看看好了。」

「麻煩你了！」

於是我就去湯川小姐所住的二〇一號。一爬上鐵製樓梯就是門。在她的邀請之下我進房門，但屋裡幾乎什麼都沒有。一人份的餐具、鍋子、菜刀和砧板放在流理台旁。棉被鋪蓋之類的大概收在壁櫃裡，二點二五坪的房間顯得好寬敞。

牆邊擺著一台小型液晶電視。就一台垃圾場撿回來的電視而言，還非常新。看來電源是接上的，但沒有畫面。我看了看電視機後側，果然，沒接天線。我先回自己房間，帶了不用的纜線。

「這樣就可以了。如果沒壞的話，應該可以看。」

我把線接好，打開電源。液晶畫面出現影像。是洗碗精的廣告。湯川小姐開心地說：

「電視！」

我心想「妳昭和年代來的嗎」邊轉了台。她連遙控器也一起撿回來，所以操作上也沒有問題。湯川小姐端正跪坐著，一本正經地見我操控遙控器。

「妳家裡沒有電視嗎？」

「有呀。可是這是我第一次有自己的電視。」

湯川小姐泡了即溶咖啡，說是要謝謝我。她問我要不要加糖和奶精，我告訴她黑咖啡就好。一喝，熱騰騰的咖啡差點把我燙傷。話說回來，還眞奇怪。這房間裡既沒有茶壺，也沒有電熱水壺。唯一的鍋子也沒動用過的樣子。泡咖啡的熱水到底是從哪裡來的？熱水器的水龍頭是會供應熱水沒錯。也許倒進馬克杯裡的熱水是從那裡來的。可是熱水器一開動應該就會有聲音，而且也要一段時間水才會變熱。算了，反正不重要。我們喝著咖啡閒聊。

「這個房間好暖和啊。明明又沒有暖氣。」

「是啊。可能因爲二樓比較暖和吧。」

「妳還在房裡放了滅火器啊。是妳買的嗎？」

「是的。因爲火災很可怕。」

空蕩蕩的二點二五坪房裡，紅色的滅火器格外醒目。設置滅火器並非義務。電視畫面正播出新聞節目。從俄羅斯漂流到日本的漁船上發現了大量的槍械。我所居住的城鎮位於日本北部，和俄羅斯這個國家相對較近。俄羅斯黑手黨聯合日本黑道利用港口走私槍械不是新鮮事。

正看著新聞時，外面傳來女性的尖叫。還有乒乒乓乓的聲響。我探頭出去看是怎麼回事，只見二〇三號的門是打開的。住戶光著腳站在通道上。秋山家是母女倆一起住，而在場的是母親美代子小姐。

「怎麼了嗎？」

「啊啊，管理員。」

她哭喪著臉看我，然後偏著頭感到不解，

「你怎麼會在那間？你和新搬來的女生在一起了？」

「才不是。倒是秋山小姐，妳怎麼了？」

她指著室內說：

「出來了。」

「什麼？難不成，是G嗎？」

她一臉緊張地點頭。所謂的G，是一種長有觸鬚的可怕黑色生命體。連說出牠的名字都很可怕，所以用羅馬拼音的頭一個字母作爲代號。湯川小姐從我身後同樣向通道探出頭來。她向秋山小姐點了一下頭問：

「G是什麼？」

「湯川小姐請待在房間裡。」

我趿著鞋從鐵製的二樓通道走到二〇三號往裡看。流理台周邊沒有G的身影。看來是躲起來了。秋山小姐緊緊抓住我的手臂，含淚說：

「……管理員，你會幫我處理嗎？」

「包在我身上！」

這樣說雖然不太好，但她長得十分漂亮。

「請問，管理員，G是什麼？」

湯川小姐悠哉地說，邊來到二〇三號前，從我身後往屋裡看。換秋山小姐往後退。

「有殺蟲劑嗎？」

我問逃到鐵製樓梯旁的秋山小姐。她搖頭。

「我需要武器。可以用這裡的雜誌嗎？」

門內放著一疊綑好的舊雜誌。我得到「請用」的許可，便抽出一本較大的女性雜誌捲起來。做一個深呼吸，決心勇闖敵營。我踏進二〇三號。在小小的硬泥地上脫了鞋，走進房間。二點二五坪的中心地帶有一張小矮桌，上面放著剝了一半的橘子。小女孩的衣服疊好放在一邊。應該是她女兒秋山香澄的吧。

「這個房間裡會出現什麼？」

湯川小姐在硬泥地上好奇地問。一副搞不清楚狀況的樣子。

「G啊，就是那個，人類的敵人。」

「好宏大的格局。人類的敵人爲什麼跑到六花莊來？」

「聽說以前這個地方是沒有的。因爲牠們熬不過冬天。可是，因爲現代化的關係，現在越來越多地方冬天也很溫暖，所以終於連我們六花莊也……」

我拿好捲起來的雜誌，視線四處掃射。尋找那傢伙的身影，卻找不到。湯川小姐似乎還不明白G是什麼。沒辦法，我只好說出那個生命體的名稱。

「就是蟑螂（註）。」

「呃……蟑……」

看來就連不食人間煙火的湯川小姐也知道那是個什麼樣的生命體。只見她因震驚而結巴。她一定也很怕G吧。看臉色就知道了。就在這時候，我終於發現了蠢動的黑色色塊。

那傢伙就貼在牆上。就是站在硬泥地的湯川小姐身邊的那道牆。頻頻揮舞著牠的觸鬚移動著。油油亮亮的可怕黑色生命體。看到我倒抽一口氣的樣子，湯川小姐也回頭朝那東西看。她的臉距離G只有三十公分左右。從她的角度看過去，一定就像在鼻子前面吧。

下一瞬間，我的眼前出現了異樣的情景。一開始湯川小姐發出一聲短促的尖叫。緊接著，轟的一聲，G的黑色翅膀交疊處冒出火光和煙。紅色的火苗從爬在牆上的G體內燒起來。G化為一團火球，瞬間將翅膀和觸鬚燒成灰。幾根腳往下掉，但還沒掉到榻榻米上就因燃燒反應而化為幾許煙塵。火並沒燒到任何地方。因為在延燒前，G就化成灰了。我張口結舌，呆站在那裡。整件事情前後一秒鐘就結束了。

因對G的恐懼而坐倒的湯川小姐赫然驚覺般抬頭看我。

外面傳來秋山小姐想了解情況的聲音：

「還好嗎？找到了嗎——？」

2

在日本這個國家的領土上，我居住的地區位於北方。

「這裡根本沒地方可以玩。」

來自都會的年輕人這麼說。從大學到保齡球場、KTV所在的鬧區，開車需要半個鐘頭以上。在這片無論到哪裡都需要車的土地上，擁有私車的大學生是熱門人物。上完課都會載大家出去玩。我也很想要車，但六花莊沒有停車場，我也沒錢買車。大學位在搭公車就能到的範圍內已是萬幸。

離開大學搭上公車，從車窗看得見荒涼的郊外景致。雪正落在枯草覆蓋的荒地上。一下車，正好是一家個人經營的居酒屋。門前掛著紅色的燈籠。掀開門簾走出來的老先生叫

註：日文的蟑螂的羅馬拼音為gokiburi。

住我。

「呀，這不是管理員嗎。」

是住二〇二號的柳瀨先生。他喝醉了酒，踩著歪歪斜斜的步伐朝我走來，但走到一半就踉蹌坐倒。

「管理員，救救我。」

我認識他好幾年了，但從來沒看過他清醒的樣子。我扶他起來，帶他回六花莊。柳瀨先生搭著我的肩邊走邊說：

「每年啊，一到冬天啊，我都會想，這個冬天呢，我可能會死。一個不小心啊，在路邊睡著，凍死這樣。」

可能因爲牙齒幾乎掉光，柳瀨先生的聲音含糊不清。我們到六花莊，爬上鐵製樓梯。一帶他到二〇二號，柳瀨先生便以不穩的手開了門。

「到我房裡喝一杯再走吧？吶，來吧？我根本還沒喝夠。」

柳瀨先生頂著一張泛紅的臉，打了一個嗝。我傻眼。

「還喝不夠嗎？夠了吧？」

但柳瀨先生抓住我的手拉進屋裡。我想，他一個人太寂寞。據說柳瀨先生年輕時滴酒不沾。但自從一場車禍帶走他的妻兒，他就鎮日與酒爲伍。

在二〇二號陪他喝酒並不是第一次。二點二五坪的房間裡到處都是空酒瓶。

「來，坐。不好意思房間很小啊。」

「房間很小是我該抱歉。」

設法騰出地方，我與柳瀨先生相對而坐。我在他頻頻勸酒下喝了紙盒包裝的日本酒。不久，就有種陶然微醺之感。柳瀨先生用他破破爛爛的小烤箱爲我做鋁箔紙悶烤杏鮑菇。他雖然外表寒酸襤褸，內在卻極有涵養。大學生在學期間應該看的書和電影，都是他告訴我的。與醉得舌頭不太靈光的柳瀨先生閒談中，談到了酒。

「我弄到Spirytus了。」

「Spirytus？那是什麼？」

「世界上酒精濃度最高的酒啊。」

只見他笑瞇瞇地拿出貼著外文標籤的酒瓶。裡面裝著透明液體。那就是他口中名叫Spirytus的酒了。我接過來看了上面標注的酒精濃度，嚇一跳。

「九十六度？這能喝嗎？」

「這是波蘭的伏特加，聽說家家都有，拿來當消毒水。舔一下啊，那味道簡直要把喉嚨灼傷。你要不要喝喝看？」

我搖搖頭把酒瓶還給他。柳瀨先生打開瓶蓋，倒了一點點在杯子裡。

「聽說這也能驅除害蟲呢。淋在蟑螂上，蟑螂就會死。」

我忽然想起湯川小姐。

「柳瀨先生，我想問一件比較奇怪的事，在沒有任何東西的地方突然起火，這種事是可能的嗎？」

我發問。回想起漆黑油亮的生命體自體內冒出火苗，瞬間化成灰的樣子。柳瀨先生舔著Spirytus。

「你擔心有人縱火？」

「我是在說超自然現象。生物的身體會突然起火燃燒嗎？」

「這種現象啊，以前就傳出過很多次。」

「咦，是嗎？」

「所謂的人體自燃現象。」

「人體自燃現象？」

「偶爾會發現這類被燒死的屍體。人在房間裡啊，被燒得焦黑死掉，可是房間裡沒有火源，而且只有屍體四周燒掉。就狀況而言，只有人體自然起火這個可能。這類事件實際上存在。」

一九五一年七月一日，美國佛羅里達州聖彼得堡的公寓裡，就發生這樣一起事件。死者瑪麗．里瑟的兒子理查．里瑟去母親的公寓探望她，卻發現她僅剩下一雙穿著拖鞋的腳，其他部分都已經燒得焦黑。

一九八八年一月八日，英國南部的南安普敦，死者艾弗雷德．艾希頓剩下整個下半身燒死了。周身沒任何火源，室內溫度高。

這些案例都是柳瀨先生告訴我的。因爲醉意，我逐漸失去平衡感。房間的牆壁像在緩緩起伏。

「說到燒死的屍體，上次啊，我聽說一件很有意思的事。」

柳瀨先生又告訴我一件他在酒館裡聽到的事。他一個當記者的酒友偷偷告訴他的。據說，去年發現詭異的焚屍。

「聽說很多腿部殘肢是散落在港口的倉庫裡。好幾雙哦。留膝蓋以下的部分。腳上都還穿著皮鞋。膝蓋以上不知道跑到哪裡了，倉庫的地板有黑黑的印子。是燒完炭化之後黏在地板上的。很詭異吧。膝蓋以下的部分明明就完整保留，膝蓋以上卻燒得連原形都沒有了。」

管理倉庫的公司據說與黑道有關，推測死者是那一路人。

「據說也沒潑汽油的痕跡哦。如果潑了，用聞的就聞得出來。」

「可是，這件事，新聞沒有報導吧？」

「管理員啊，並不是什麼事新聞都會報哦？」

「是喔。」

我不清楚這當中多少事實。就當作喝醉酒的玩笑話，相信一半好了。至少在那個時候，我並沒想到焚屍和湯川小姐會有什麼關聯。

「這叫作pyrokinesis。」

據說這是能在毫無火源的地方憑空產生火的異能人士。

就在二〇三號發生G騷動後。回到湯川小姐的房間，她這樣告訴我。剛接好天線的電視機沉默無聲。她幫我泡的咖啡也冷了。我問湯川小姐：

「也就是說，那個，湯川小姐有超能力？」

「也可以這麼說。我外婆是俄羅斯人，在美蘇冷戰時代，好像參加了奇怪的實驗。超能力的實驗。據說蘇聯當時對這種研究非常認眞。外婆被用來作爲藥物的人體實驗。」

雖不知當時的實驗結果，但她認爲後續影響多半出現在身爲外孫的自己身上。湯川小姐邊說，邊將視線朝向我雙手握著的馬克杯。馬克杯逐漸變熱。冷掉的咖啡開始冒出熱氣。我喝一口，熱得像剛泡好。

「讓東先生的洗澡水變熱水的，也是湯川小姐？」

她的能力，與其說是操縱火焰，不如說是讓熱能發生在她想發生之處。她使熱能產生，讓熱能所在之處的可燃物與氧氣發生燃燒反應，形成火焰。

而且她可以盡情運用這份能力，無需承擔風險。無論加熱多少熱水都不會累。產生熱能，對她來說就像呼吸一樣簡單。只要她在，不必擔心燃料也不怕破壞環境，可以讓發電廠的渦輪轉個不停。

「比較需要擔心的，是無意識的起火。」

「無意識的起火？」

「有時候睡迷糊了不小心就會這樣。還有就是打噴嚏、打嗝……」

她望著榻榻米上小小的焦痕。

「空氣乾燥的時候就會起靜電不是嗎，像上車的時候。和那個感覺很像，打個噴嚏，就啪嘁一下跑出來。」

榻榻米上螞蟻大的焦痕不止一個。她住進來後，榻榻米表面就多出好幾個。這個得從押金裡扣了。不，這不是重點。

「要是發生火災怎麼辦！」

「打噴嚏或打嗝引發的熱能非常微弱。不會引燃可燃物，一眨眼就會消失。造成火災的可能性幾近於零。」

大概怕我要她退租吧。湯川小姐積極強調自己能力的安全性。但她這麼說還是無法完全消除我的不安。要是六花莊發生火災，恐怕會有住戶不幸喪生。她的能力對六花莊這棟木造公寓實在是莫大威脅。我有意要她立刻搬走。可是我並不討厭湯川小姐這個人。該不該要她退租？日子就在我遲疑之中流逝。

「管理員，你是不是對湯川小姐有意思啊？」

某天，一〇二號的立花太太來房間找我的時候說。

「因爲，每次她一經過，你都一定會回頭一直看她啊。不用害羞啦！」

我雖然否認，但我盯著湯川小姐看是事實。我觀察她。判斷她的能力是否會危害六花莊。

仔細看著她，便會發現她頻繁地使用她的能力。例如路上有菸蒂時，她光瞄上一眼就讓菸蒂成灰隨風而逝。

大清早，有人因爲車門結冰打不開。無論多用力拉駕駛座的門都聞風不動。湯川小姐走過去，手心摸摸車門與車身的交會處。車主會被突然跑來的湯川小姐嚇一跳。等她點個頭打過招呼離去，再拉駕駛座的門，簡簡單單就打開了。

有些民宅屋簷會結冰錐。房子就在小學生通勤路上，每當小朋友從冰錐底下經過都令人心驚膽跳，生怕掉下來刺到小朋友怎麼辦。湯川小姐經過那條路會邊走邊注意屋簷。然後冰錐就會發出「咻——」的聲音，滴著水，冒著熱氣，急速變短消失。

實際上我也受惠於她的能力。那個時期，大顆大顆的雪珠不斷自空中落下。轉眼間馬路、樹枝和停在路邊的車子都被雪覆蓋，城鎮一片雪白。家家戶戶的屋頂宛如鋪丹普的床墊似，積一層厚厚的雪。六花莊不例外。我必須趁房子沒被雪的重量壓垮之前除雪。我得拿梯子爬到屋頂，把積在屋頂上的雪鏟到地面。

就在我抽出折疊式的梯子，準備爬上屋頂時。湯川小姐從鐵製樓梯探出頭。她穿著朱紅色的棉襖。有著俄羅斯血統的端麗臉蛋，與棉襖的組合實在有點怪。她吐著白氣往巷子看。

「到處都是一片雪白呢！像這時候，我一定會玩一個遊戲。」

她朝著六花莊前的路面伸出食指。積雪的雪白路面，隨著她手指滑動而冒出熱氣，雪面上被劃出一條線。雪配合著她的動作蒸發了，最後完成一個巨大的星星圖案。

「對了，管理員，你在做什麼？」

「我要除雪。」

「我來幫忙吧？」

我和湯川小姐用架在六花莊外牆上的梯子爬上屋頂。她手心向下，撫摸般移動，就起一陣暖風。積雪的表層像被刮掉，化成熱氣消失。

爲了不讓六花莊的屋頂燒起來，她融雪得小心翼翼。那讓我想到考古人士怕挖掘的時候損壞恐龍化石，拿著軟刷輕輕將土壤刷開的手勢。不久，屋頂殘雪就全都消失。我一道謝，湯川小姐便惶恐地搖頭。

「該道謝的是我。沒想到我的能力能有這種用處。」

她對熱能的控制精準無比。火力大小隨心所欲。她嫌浪費，煮飯也不用瓦斯爐。只要眼睛盯著，用意念便可爲平底鍋加熱來炒菜。而她最不擅長的就是燉煮料理。爲了長時間維持熱度，必須一直盯著鍋子。要是不小心睡著，裡面的蔬菜就會半生不熟，硬梆梆的。

她也和六花莊的其他住戶互相交流。有一次經過附近公園，住二〇三號的秋山母女正和湯川小姐三個人打雪仗。長得很漂亮的秋山美代子小姐看到我，要我參加，美人開口，當然奮勇應戰。我與美代子小姐一隊，湯川小姐和小學生秋山香澄是另一隊。我們開始互丟雪球，笑聲與尖叫起此彼落。但打到一半，我丟出去的雪球不知爲何都打不到對方。仔細一看，只有我丟出去的雪球會在半空中化成水氣消失。

「湯川小姐！妳作弊！」

我一抗議，湯川小姐惡作劇被抓包似地笑了。但秋山母女莫名其妙。原來除了我，她並沒把pyrokinesis的事告訴任何人。

湯川小姐似乎沒有工作，好像靠存款過日。但她大概厭倦這樣的日子，開始找工作，過幾天就找到很適合她的工作了。她選的工作地點是附近澡堂。那是一家由一對老夫婦經營的澡堂，開很久了，但最近熱水爐狀況不佳，有時水不熱。但自從湯川小姐工作後，大浴池的溫度都穩定地維持高溫。這恐怕不是鍋爐技師的功勞。不知不覺間，她便成爲鄰近固定上澡堂的叔叔伯伯的小小偶像。

「你覺不覺得從她搬進來，六花莊好像很神奇地變暖了？」

我被柳瀨先生帶進他的二〇二號房喝酒，他這麼說。

「我覺得往年的冬天好像更冷啊。」

多半是湯川小姐控制熱能替房間增溫。而柳瀨先生就住在她隔壁。也許間接分享她在熱能方面的好處。

「湯川小姐搬來眞是太好了啊，管理員。」

我以複雜的心情點頭。是不是應該請她退租？這個念頭一天比一天淡。那個時候，她已經幫忙我除雪好多次了。她讓我免除重度勞動，可以有更多時間用在大學課業。我必須感謝湯川小姐。

儘管這麼想，我心底還是有一抹甩不開的不安——會不會哪一天她無意識地啪嚓一下，就讓六花莊陷入大災難？然而，事情遠遠超乎想像。

結果並沒有發生火災。但不管有沒有發生，終究還是不該讓她住進六花莊。這是倫理問題。她雖然開始在澡堂上班，但沒人知道她之前從事什麼工作。要是知道，大家還會接受她嗎？告訴我湯川小姐以前做什麼的，是一名沒有左臂的青年。

我沒有所謂的老家。我那不務正業的人渣父母一直行蹤不明，我又被趕出從小住的房子。因爲沒家要回，所以我都在六花莊過年。從超市買來橘子，窩在暖桌裡看紅白大賽。元旦那天，秋山母女、湯川小姐和我四人一起吃火鍋。地點是二〇三室。我們把砂鍋放在卡式瓦斯爐，咕嘟咕嘟滾著白菜和豆腐。但就在最後要放白飯進去煮粥前，瓦斯沒了，火熄了。我們沒備用的瓦斯罐，眼看火鍋提前結束。

「啊，沒問題的。鍋子的餘熱應該可以維持一陣子。」

湯川小姐說。熄火後，不知爲何鍋子裡的湯仍是滾的。一直到放白飯進去煮好粥，砂鍋都維持著這樣的熱度。秋山母女覺得很奇怪，不明白爲什麼鍋子不會變冷。

「不愧是砂鍋，保溫效果就是不一樣。」

我這麼說，湯川小姐也附和：

「就是啊，管理員。」

過完年，世界又恢復正常運作。我忙著大學課業。班上同學在寒假期間都去滑雪或玩滑雪板，或者和男女朋友去溫泉旅行。開學後的課堂上，這些話題非常熱絡。我並沒什麼特別受大家注目的故事插曲，專門負責聆聽。

回家路上，我順便到大馬路上一家便利商店。出店門時，一條狗被栓在店門前，一個青年正在看牠。青年滿臉堆笑地看著狗，但他似乎不是飼主。他伸出右手想摸狗的頭，卻被狗嗚嗚低鳴，怯怯躲開。青年穿著黑色大衣，但左臂並沒有穿進袖子裡，只是披在肩上。袖子扁扁垂下。原來青年沒有左臂。

我從他身邊走過時，與他視線相對。

「啊，你、你是六、六花莊的人，吧？」

青年對我說。他講話會口吃。年齡應該二十多歲，和我差不多，或比我再大一點。個子高高，瘦得很病態。比較特別的是眨眼次數多得異常。有時會用力眨眼。這是妥瑞氏症的症狀之一。妥瑞氏症絕大多數都在兒童時期發病、痊癒，但有些人在成人後依舊持續症狀。

「你住在，那、那、那裡吧？」

「是的，我是管理員。」

「你、你現在，要回去嗎？搭、搭公車？」

我點點頭，朝公車站的方向看。正好看到公車駛離的背影。看樣子剛離站。

「我想請、請教你，有關六花莊的事。請問，你、你方便嗎？」

「可以啊。可以在公車站牌邊排隊邊說嗎？」

青年鬆一口氣般點點頭。眼睛拚命眨，然後整張臉都皺起來般用力閉上眼。一靠近，就覺得他身上發出一股很像消毒水的味道。大衣磨損變形，長褲褲角和鞋子沾滿泥。他到底是什麼人呢？

公車剛走，車站沒人。我們沿著馬路並肩排隊。他大衣的左袖就在我右手邊搖晃。

「我姓、溝呂木。想、想請問一位湯、湯川小姐，的事。」

「你認識湯川小姐？」

我朝溝呂木青年看。他晃動著身體。給人一種靜不下來的印象。

「我、我在調、調查她……」

「調查？」

「湯、湯川小姐身邊，有、有沒有發生，特別的事？像、像是一些、奇、奇怪的現象？」

他不肯注視我的眼睛。視線在大馬路上來去車輛、建築、電線間轉來轉去。他問的我心中有數。但pyrokinesis這種事可以擅自告訴別人嗎？會不會造成她的困擾呢？我搖頭。

「沒有啊，沒什麼。」

「好、好比說，起、起火現象這些，你、你有沒有看過？」

「那是什麼？」

「你、知、知道。我、聞、聞得出來。」

青年搖晃著身體抽動鼻子。

「請、請告、告訴我。我、我會奉送謝、謝禮。」

「謝禮嗎……」

「只、只要你願意，透、透露，錢、錢……」

青年一邊說明，右手不斷快速動著。也許他在口吃而無法順利表達的時候會用動作說明，手才會無意識地動起來吧。

我越來越不懂了。這名青年似乎深信湯川小姐就是pyrokinesis。然後不惜出錢也要打聽她的相關資料。他到底是什麼人？

「你不如直接問湯川小姐吧？」

謝禮二字雖然誘人，但最好還是別未經她的許可就亂說。

「我絕不、不、不輕易接、接近她。」

「為什麼？」

「那個，去年，出了點，問題……」

溝呂木青年不願明說，聲音變小。不知何時，公車站出現人龍。已經十幾個人在排隊了。

這時候，有人鑽進我與公車站牌之間。他是一個穿著淺咖啡色西裝的中年男子。一開始我以爲他只是在看公車時刻表，但他一直待著不動。以一臉他本來就在那裡的神情站在隊伍的最前面。看樣子我被插隊了。

排隊的其他人也發現中年男子違規。人人都對他投以反感視線。但沒有任何人勸導。甚至有一股認爲容許他插隊的我應該率先發難的氣氛。無奈之下，我準備勸導插進我和公車站牌之間的中年男性。但之前，溝呂木青年便說：

「先生，可、可不可以請你不、不要插隊？」

雖然有點口吃，但對方應該聽得很清楚。但中年男子裝作沒聽到，拿出手機開始滑。

「大、大家都照、照規矩排、排隊等公車。」

青年猛眨眼，搖晃身體，急促地動著右手說明。中年男子繼續裝作沒聽到。一定是想搶先上車找位子坐。

「這樣，太、太不公平了吧……」

溝呂木青年這句話終於讓中年男子有反應。他邊滑手機邊嘖了一聲。排隊的其他人都默默注意事情發展。感覺所有人都支持溝呂木青年。

但中年男子還沒退開公車就來了。大型車身減速靠近公車站牌，排出白色廢氣，晃動著車身停下。噗咻一聲，車門開了。座位大約半滿。插隊的中年男子看也不看我們一眼就準備上車。但他的鞋子還沒有踏上公車的地板，溝呂木青年就伸出右手。

妥瑞氏症獨特的眨眼動作停止了。他抓住那人淺咖啡色的西裝衣領一拉，對方正踉蹌時膝蓋就頂上去地說：

「誰說你可以上車了？」

神奇的是，他竟然不口吃了。中年男子弓著身體呻吟，溝呂木青年的右肘又往他臉上架一拐子。暴力行爲來得太過唐突，在場所有人動也不敢動。青年的身體不再搖晃，以行雲流水般的動作抓住中年男子的頭，朝著公車門邊緣撞了好幾下，咒罵：

「去當地墊！」

中年男子四肢著地趴在公車門口旁的地面上。淌著鼻血，嘴裡也流出濃稠的血。裡頭還摻雜著顆粒狀的東西。是被打斷的牙齒。溝呂木青年一腳踩在他背上，像擦掉鞋底的髒東西般前後左右地擰著。中年男子再也撐不住般腹部著地。青年回頭朝我呼一口氣，並朝公車伸出右手。他表情柔和了，口吃也回來了。

「來，來，請、請上車，六花莊的管理員。我、我也可以一起上車嗎？還、還有一點事情，想、想請教。」

這時我已經非常懼怕這個人，只能答應。跨過平趴在地的中年男子上公車，車上的乘客和司機都不敢安心坐著，表情僵硬地望著青年。最後一排有空位，我便在那裡坐下。溝呂木青年緊鄰著我而坐。他的手和大衣沾上中年男子噴出來的血，但他似乎不以爲意。剛才那個中年男子好像還有意識，被隊伍後方的好心人扶起。結果他沒有上車，蹣跚地不知道往哪裡走掉了。

車門關閉，公車啓動。車上安靜得像葬禮。氣氛緊張。溝呂木青年小聲對我說：

「對了，關、關於湯川小姐啊。」

我好想逃。這男的才剛施展暴力卻隨口用「對了」改變話題，他的精神狀態太可怕。

「你、你知道湯、湯川小姐的、的能力吧？」

凡是我知道的我都說了。我說G體內起火瞬間化成灰的事，幫我除雪的事。一般人應該會認爲這種事荒誕無稽。但他卻絲毫沒有懷疑。甚至一副終於聽到他想聽到的事的表情。

「她、她讓雪球消、消失了嗎？那、那時候，她和雪球的距離大、大概多遠？雪球的速、速度呢？」

青年很想知道湯川小姐使用能力的那一瞬間，她的位置與熱能發生的地點相關距離。偶爾眼睛用力一閉，停頓一下，好像在沉思。

「她、她有沒有隔、隔著遮蔽物產、產生熱能過？」

「遮蔽物？」

「像、像是隔著牆……或是，不、不看那個方向，就產生熱的？」

我搖頭。她都是看著熱能發生的地方。將東先生浴缸裡的水加熱，我記得她從通道小窗朝浴室看。

「謝、謝謝你。多虧你幫忙，讓、讓我了解很多。」

溝呂木青年滿意地點點頭，一把從口袋裡抓出幾張皺巴巴的萬圓鈔，要塞給我。我搖搖頭沒收。

雪花點點飄落在荒涼的景致。公車在十字路口轉彎，因爲離心力，溝呂木青年的身體向我這邊倒。我的右肘越過他的左臂應該在的位置，稍微碰到他側腹。

青年摸摸左肩。肩膀四周袖子是鼓起來的，感覺剩半截上臂，沒手肘以下的部分。溝呂木青年說：

「我、我這隻手，是、是被湯川小姐毀掉的。那個，幸、幸好只丟了一隻手臂。要、要是逃得再慢一點，我、我就沒命了。」

3

天全黑。我向司機出示定期車票下了公車。外面的冷空氣頓時讓我全身的汗都涼了。溝呂木青年隔著車窗向我點頭。公車載著他發動了。排出白色的廢氣，逐漸遠去。這裡路燈很少，沒車輛經過，路上一片黑暗。公車的尾燈消失在深處。那勾起我夢魘般的想像，彷彿車子載著惡魔回到黑暗世界。

經過個人經營的居酒屋紅燈籠前時，酒精和焦油的味道撲鼻而來。冷清的路上有一隻瘦巴巴的野狗蜷伏著。不，可能已經快死了。我邊走邊反芻溝呂木青年的話。他的話一點都不像現實，但所謂的pyrokinesis本來就脫離現實，隨便就施展暴力的溝呂木青年也奪走我正常的世界觀。每朝黑暗踏出一步，我就有誤闖血腥世界的錯覺。

蕭條的公園亮著路燈。我在長椅上坐下，思緒萬千。鞦韆上、溜滑梯上、攀爬架上都積一層薄雪。我正冷得發抖時，有人叫我。

「管理員，你怎麼了？怎麼待在這裡？」

圍著圍巾的湯川小姐提著超市的購物袋站在公園入口。我還想不出怎麼回答，她便走近長椅。長長的頭髮從毛線帽底下垂落。

「會感冒哦。」

「那個，我……」

湯川小姐眉頭微蹙，似乎感覺到我不太對勁。路燈燈光下，她的肌膚顯得更白皙。

「湯川小姐，我有點事想問妳。」

她的視線往腳邊轉一下。過一會，我才知道她在做什麼。她好像含著糖果，嘴裡發出東西滾動的聲音。我們閒聊。聊了她在澡堂的工作狀況，聊了六花莊的住戶。聊著聊著就不那麼冷了。公園裡薄薄的積雪也消失了。我彎下身去摸地面。有點暖暖的。

「對了，湯川小姐。」

「是，什麼事？」

「我遇見了一個認識妳的人。他沒有左臂。」

「沒有左臂？」

湯川小姐沒有頭緒。

「妳沒有印象嗎？」

「有沒有其他的特徵？」

「他說他姓溝呂木。」

「唔——……」

「他有口吃，眨眼睛的次數很多……」

我聽到糖果被咬碎的聲音。湯川小姐看著我。似乎有什麼線索觸發她的記憶了。

「妳認識這個人吧？」

她緩緩地、靜靜地閉上眼睛。然後嘆氣般喃喃說：

「……好短暫啊。」

「什麼好短暫？」

「是嗎，原來那個人姓溝呂木啊。我還以爲已經與我無關了。」

湯川小姐繃緊臉頰，感覺得出她對溝呂木青年的怒氣。

「管理員，你是在哪裡遇到他的？」

大概是體溫上昇覺得熱了，她摘下圍巾塞進購物袋。我說了剛才發生的事。

「他是什麼人？」

「一個很危險的人。綁架我父親、把他關在倉庫裡的那一群人餘黨。」

湯川小姐告訴我。她口中的父親似乎與她沒有血緣關係。他就是合約上塡在保證人那欄的人。

「首先，讓我說明一下我的身世。我還是小嬰兒時就被送進育幼院。我連親生父親的姓名都不知道。我母親是俄國混血兒，把我送進育幼院後就沒有消息了。」

育幼院收留她，也收到一封來自她母親的信。信上寫著關於pyrokinesis的事，以及外婆曾參與蘇聯的人體實驗等等。

「據說嬰兒時期，我一哭旁邊就會火花四濺。育幼院苦於不知如何應付時，我父親收養了我。」

他也在育幼院長大的，收養湯川小姐後便把她當親生女兒養育。湯川小姐無憂無慮長大，後來便幫忙他的工作。

「什麼樣的工作？」

「我父親從事黑社會相關的工作。」

「就是人稱流氓、黑道之類的？」

她點點頭。我對黑道的勢力版圖一無所知。據湯川小姐說明，我們這個地方有兩大勢力。一邊是她在的那方，靠著與俄羅斯黑手黨從事非法貿易而茁壯。另一邊則是以提煉並販賣毒品作爲財源的勢力，溝呂木青年便是這邊的人。雙方摩擦不斷。終於在去年，她敬爲父親的男子遭綁架監禁。

「我氣昏了頭，闖進倉庫，一下就把帶走我父親的那些人燒死大半。」

我想起不久前二〇二號的柳瀨先生告訴我的事。港邊倉庫發現好幾個人的腳，但膝蓋以上卻化成灰。她說的就是那件事嗎？

「我父親旁邊的人全都死了。只有另一個在倉庫後面，他狙擊我。」

「狙擊？」

「他手裡有來福槍。我立刻反擊，但看來被他逃了。」

那多半就是溝呂木青年了。他雖然失去左臂，但仍從她手下逃過一命。

「關於他的事情是我父親告訴我的。父親說他是口吃很嚴重、常眨眼的年輕人。雙親都有毒癮，因爲欠錢把這個孩子賣掉。我父親是聽他們同伴之間的談話知道的。」

我偷看湯川小姐的側臉。我原以爲她不食人間煙火，萬萬沒想到她竟然是那個世界的人。她以有點愉快的表情說：

「我對殺人沒有絲毫猶豫，因爲我習慣了。」

我說不出話。我明明有話非說不可。

「我還以爲我已經脫離那個工作了。我拜託父親，請他幫我準備新的名字和身分證。想要從此過普通的人生。可是，很遺憾，看樣子已經結束了。」

看來湯川四季並不是她的本名。從長椅上站起來的她，冰冷的眼神令我生畏。在六花莊陪老人長談、一起打雪仗時滿面笑容的她消失了。

「湯川小姐，那個……」

「我知道。我會離開六花莊的。」

聽她這麼說，我頭一個感覺是鬆一口氣。我心裡想著，必須請她退租。不能讓她繼續在六花莊住下去。她是黑道份子，過去也殺過好幾個人。依照法律，她顯然是罪犯。就算我報警也不會有人責怪我吧。可是，我一回過神，卻一直在道歉。

「對不起，很抱歉。」

她嘴角露出一絲笑容，但在路燈光芒中飄落的雪粒落地時便消失無蹤。湯川小姐提起超市的購物袋。

「沒關係啦，管理員。我早就知道我遲早會被趕出去的。我想明天就搬出去。我得先去借車。」

「妳有地方去嗎？」

「有。」

「令尊那裡嗎？」

「不，我在某個湖的湖邊有小木屋。是個像別墅的地方，可以暫時在那裡藏身。啊，對了。管理員，我也有話要告訴你。我一直想著將來有機會一定要告訴你的。」

我們一起從公園走回六花莊，她在路上把那件事告訴了我。

第二天早上，湯川小姐前往她工作的澡堂，向經營澡堂的老夫婦辭職。

「因爲家裡的關係，我必須離開這個地方。」

據說她這一解釋，老夫婦顯得非常遺憾。她也向老夫婦借了一輛老汽車。她保證搬完家一定會歸還，然後將車子從澡堂開回六花莊。

她有駕照，上面的名字也是湯川四季。照她在公園告訴我的，這是假名，但駕照怎麼看都像眞的。應該是她敬爲父親的人物請高明的人僞造的，好讓她能過一般人的生活。

湯川小姐突然要退租，六花莊其他的住戶都很驚訝和難過。她一戶戶按鈴告別。一直到中午後才要出發。把車停好，行李箱和紙箱都搬進去之後，住戶們來都來到外面。手上分別拿著餞別的禮物。

「姊姊，這個送妳。」

二〇三號的秋山香澄送她自己折的鴿子折紙。一〇二號的立花太太送一包煎餅，一〇三號的東先生給她一條打小鋼珠換來的菸。

「我不知道妳抽不抽，但我能送的只有這個了。」

「謝謝您，我好高興。」

在六花莊的日子雖然很短，但湯川小姐忍淚收下這些禮物。對於一直活在血腥世界的她而言，在六花莊一個人住的日子算什麼呢？

「這個，雖然開過了，不過是很難得的一款酒……」

二〇二號的柳瀨先生今天也是一早就喝醉了，給了她一瓶貼著外文標籤的酒。湯川小姐將這些餞別的禮物放進後座，坐上駕駛座。

「我幫忙搬家。」

我向眾住戶這樣解釋，坐上前座，繫上安全帶。我考慮整晚，清早敲二〇一號的門，拜託湯川小姐「請帶我一起去」。我對她即將要去的露營營地十分好奇。因爲昨晚聽到我非去不可的理由。剛睡醒的她揉著眼睛說「可以啊」答應了。

到出發時刻。湯川小姐發動車子，六花莊老舊的外觀與住戶們的臉在後方逐漸遠去。她看照後鏡一眼，便再度面向前方。

雖然沒下雪，天空卻覆蓋著厚厚的雲層。車外颳著凜冽的寒風，車內的暖氣開到最大。我們鑽出窄巷來到寬闊的直線道路。湯川小姐的車開得很穩。連零星的建築物都看不到了，道路兩旁淨是天地自然。荒煙蔓草的景色，讓人心也爲之荒涼。

我們要去的營地從六花莊開車需時兩小時。那裡冬天不營業，但湯川小姐能夠自由使用營地內的小木屋。因爲那個營地就是她養父開的。一個黑道中人怎麼會開設露營營地呢？這是有原因的。

「我以前就是在那裡工作。其中一個小木屋就是我的待機地點。」

昨天，我們並肩走回六花莊的路上，她這樣告訴我。

「我父親的部下會開車運屍袋來。我就在營地深處的森林裡進行火化。很多人都消失在那座森林裡。我父親部下會把一點點剩下的灰埋在地下，再給他們上香。大家一起雙手合十，工作就結束了。」

看來，那座營地並不單單是休閒娛樂而開設。應該是認爲與其葬在陌生人的土地，不如葬在自己的土地上比較放心。她說運來的死者都是在別的地方被殺害的。她從來不問屍者的身分，奉命直接火葬。也幾乎沒有打開屍袋看看裡面的人長相。

「我只打開過一次。因爲出了問題。那時我還不到二十歲。那天，父親部下的兩個年輕人，把屍袋裝在車子的後車廂送到營地。屍袋有兩個。車子雖然能開到小木屋附近的停車場，但接下來要到森林深處就必須靠人力搬運。」

這兩個男生合力將屍袋一個個搬進去，一副很怕很噁心的樣子。他們已經運了一個到平常的火葬場，然後一個抬頭一個抬腳地抬著另一個屍袋走在森林裡。這時候，屍袋裡突然傳出呻吟聲。

「我們嚇壞了……那兩個男生鬆了手，屍袋就掉到地上。」

平常都會有年長的黑道分子陪同，但那天剛好只有他們三個年輕人。兩個男生嚇得臉色發青，呆站在那裡。掉在地上的屍袋沒有動靜。但湯川小姐把耳朵湊近，聽到裡面傳出微弱的聲音。還有咻、咻的呼吸聲。她鼓起勇氣打開袋子。裝在裡面的，是一個打到臉都變形的女子。

「應該是和組織發生糾紛的人。那個傷看起來是制裁的傷。我想她眼睛已經看不見了。看她不再動彈，認定她已經死了，才把她裝進屍袋裡。根據她身上的傷勢，我想就算送到醫院，恐怕也救不回來。」

一回神那兩個男生不見了。跑掉了。被留下來的湯川小姐就在森林裡等那個人死去。

「我站在那裡。就一直注視著躺在腳邊屍袋裡的那名女子。那是冷到骨子裡的一天。她的呼氣變得很微弱，就在我覺得她差不多要斷氣的一瞬間，我才明白她是在反覆說什麼。我把耳朵湊到她嘴邊去聽。」

她喃喃地重複著一個名字。

名字後，還有「對不起」這句話。

湯川小姐複述了那個名字，女子終於斷氣了。

「我把她拖到平常辦事的地方燒掉。另一個屍袋我沒有看，但已經死透了。這兩具屍體好像是一對夫婦。他們如何走上這條末路，我也調查清楚了。」

我已經猜到了。湯川小姐說，這對夫婦不是好東西。但不巧以惡質的詐騙手法騙了黑道人士，惹上麻煩，最後被處決。而這對夫婦有一個孩子，女子臨終前說的名字就是那個孩子的名字。

「我決定離開那個世界的時候，想起了那個孩子。一查之下，知道他在一個叫作六花莊的木造老公寓當管理員。我還跑到大學裡遠遠看過那個孩子。」

說實話，我對她爲何要告訴我這些心生憤怒。但湯川小姐以擔憂的眼神看著我，我才明白原來她對於應不應該告訴我也是躊躇再三。她會搬進那幢破公寓便是基於這樣的理由。而找機會告訴我她爲我母親送終，則是她心中暗藏的目的吧。

回到六花莊一個人靜下來，我總算把事情想清楚。我很慶幸能夠知道拋棄了我，不知所蹤的父母最後下場。他們化成灰了。有種不明確的東西終於有了輪廓的感覺。對於他們不幸的結局，我心中同情與悲傷交織。我把腳伸進暖桌，仰望著一〇一號的天花板，眞切地感受到與那對一文不値的父母永別。然後，我想到他們的埋骨之地上香。

汽車的引擎開始發出唧唧叩叩的怪聲。我很怕車子會半路拋錨，但總算撐完了兩個鐘頭。我們要去的營地招牌就豎立在大自然裡。眼前便是一大片灰暗的湖，映照著冬日陰沉的天空。

營地位在湖畔。由於冬季不營業，入口以鐵鍊阻止人車進入。湯川小姐下車解開鐵鍊，把車開進。入口附近有一棟看似管理辦公的建築。可以在這裡租借腳踏車和烤肉用具。管理建築的窗戶是暗的，現在沒人在。來到岔路，一邊通往露營區，另一邊通往小木屋區。依照看板上的地圖，營區裡還有腳踏車道、野外運動關卡和出租小船的棧橋等等設備。

車子駛進入往小木屋區的路。沿著湖邊繞了半圈，前方便出現好幾棟小木屋。在枯木林立的山坡上，頗具山中小屋風情的三角形屋頂零星散布。每一座的外觀都一樣，牆則是用原木堆起。

「後面有一棟不外借的特別小木屋。」

一條窄窄的岔路盡頭，蓋了另一棟小木屋。車子就在那前面停下。她下了車，抬頭看著建築說：

「我父親爲我蓋了這棟小木屋，好讓我在等待屍袋的期間能過得舒舒服服的。」

建築旁有石階通往森林深處。她說，她以前就是在那邊焚燒屍袋。所以這座小木屋蓋在通往火葬場的入口。我聽著她的說明，感到陣陣寒意。

我們把東西從車子拿出來搬進屋內。我抱著裝有湯川小姐個人物品的行李箱和紙箱移動。一走進去，就被木頭的香味包圍。湯川小姐一副熟門熟路的樣子打開窗戶讓空氣流通。然後打開總電源。屋裡有廁所也有浴室，冰箱、電鍋樣樣不缺。

天黑了，我們煮了白飯。要來熱我從六花莊帶來的調理包咖哩。湯川小姐對調理包食品露出非常感興趣的神情。

「我知道有這種東西，卻沒吃過。」

因爲瓦斯爐的狀況不太好，湯川小姐便盯著鍋子裡的水。水立刻就滾了，開始冒泡。

我問：

「妳是用『看』的加熱嗎？」

我的想像是，她會不會從眼睛發出熱光線之類的東西。但湯川小姐搖頭。

「不是的，閉著眼睛也可以生熱。如果是用眼睛的話，我的眼皮早就燒掉了。只不過閉上眼睛就無法瞄準。等於是矇著眼發射火焰噴射器一樣。」

「牆壁呢？如果是火焰噴射器的話，待在牆後面就可躲掉吧？」

「和牆沒有關係。但必須附加不用瞄準這個條件。」

「意思是說，可以穿透遮蔽物？」

原來她的視線完全是爲了瞄準的關係。

「那要是妳現在在這裡以最大的火力，全方位釋放出妳的力量會怎麼樣？」

「湖會瞬間乾掉，整座山也會被剷平吧。管理員就不用說了，也許連我自己也會化成灰。」

湯川小姐似乎很喜歡調理包咖哩的味道，一下子就吃光了。一盤還不夠，又追加了一包，用她自豪的能力加熱。本來連明天早餐的份一起煮好的白飯吃光了，所以又洗了米放進電鍋，設定計時器預約煮飯。然後我們喝了酒。因爲我發現我們手邊有那麼一瓶酒。就是臨別之際柳瀨先生送的。「Spirytus」的標籤我有印象。就是酒精濃度高到連G都能撲殺的酒。光是滴幾滴在果汁裡，就足以令我們微醺。喝完酒，沖過澡，我們分別進房間就寢。我沒有做夢。

小木屋是兩層樓的建築。一樓是客廳、餐廳和衛浴。二樓有四個房間，每一間都有床。每個窗戶都掛著素面的窗簾。我在小鳥拍翅的聲音中醒來。然後我人生中最慘的一天就此開始。

4

我在洗臉台洗臉的時候，湯川小姐起床了。她穿著運動服代替睡衣。可能是平常就不太化妝吧，剛起床的臉和平常感覺沒什麼兩樣。清透雪白的肌膚連毛孔都找不到。我們刷牙洗臉換好衣服，來到外面。

從零星散落的小木屋之間，可以望見朝霧瀰漫的湖面。湯川小姐爬上小木屋旁通往森林的石階。走到一半遇到有繩索阻路的地方，也豎立了禁止進入的看板，但她不管。森林裡的闊葉樹葉子都掉光了。樹幹是灰色的，像石頭般冷冷的顏色。光禿禿的細瘦樹枝交纏糾結著朝多雲的天空伸展。雪粒穿過樹枝的縫隙，掉往鋪滿了落葉的地面。

我們越走越深，見不到小木屋和湖了。我完全失去方向感。石階也走完了，到一半就是一般的山坡。但湯川小姐毫不猶豫地踩著枯葉前進。這條路，她究竟伴著屍袋走過多少次？

湯川小姐終於停下來，回頭對我說：

「管理員的母親就是在這裡過世的。」

空無一物、平板無奇的地面。湯川小姐雙手插在大衣口袋裡，站在枯樹旁，注視著地面的某一點。我在內心想像自己母親躺在那裡結束人生的模樣。我本來很擔心就算真的到那個地方，會不會觸動不了我的任何情緒，但沒想到我覺得感慨萬千。我朝著那塊地面雙手合十。湯川小姐也將手從口袋裡抽出來，和我一樣合掌。

繼續往裡走，出了森林。那裡是一處圓形廣場，裸露的地面只有一塊巨大岩石。感覺是靠人力將那塊地的樹木採伐掉。落葉下的地面泥土和其他地方不同。鞋底的觸感很像踩在堅硬的粒子上。唯獨這一塊的地面變成玻璃質地。只有在高溫時才會變成這樣吧。

「以前，我父親帶我來的時候，我把這一帶整理乾淨了。」

湯川小姐走向橫亙在廣場中央的岩石說。那塊大得必須仰頭看的岩石表面布滿黑色煤灰。所以這塊圓形廣場是由她發出熱能製造的。他們在這裡把一些不利於他們的屍體燒掉，將骨灰埋在地下。

這塊地草木不生，上面淺淺地覆蓋一層被風吹來的枯葉。加上是陰天，陰森森的。湯川小姐向我招手，指著岩石旁的地面。我的雙親就是在這裡被火葬，燒剩的灰就埋在那裡。

對於父母，我記憶最深刻的是什麼呢？

大概是我四歲的時候。大熱天，我被留在小鋼珠店停車場的車上，差點悶熱而死。幸虧那個年紀的我已經會開車門了，才撿回一條小命。脫離險境的我，光著腳徘徊在被夏日豔陽曬得滾燙的柏油路面停車場上。腳底燙傷，蹲在日蔭底下哭，是小鋼珠店的工作人員救了我。

我父母被小鋼珠店的店長痛罵一頓低頭道了歉，但回到家換我挨揍。他們反過來怪我，說都是因爲我不乖乖待在車裡，才害他們被罵。當時我一心只覺得抱歉，但現在回想起來，完全明白我父母是人渣。

與黑道發生糾紛而被殺，這樣的下場也是他們自作自受吧。但也罷。爲他們上個香吧。不然要是變成鬼跑出來我可消受不起。

我取出線香插在地面上。湯川小姐注視著線香頭，那裡便發出紅光，冒了煙。我們兩個在那裡雙手合十。呼出來的氣變白，與線香的煙一起消逝在風中。湯川小姐看著我的側臉說：

「想哭就哭吧。」

「我才不會哭。」

「愛逞強。」

「沒有啊。我跟他們沒那麼親。現在反而覺得無事一身輕。」

我們決定回去。離開火葬場，再度走進枯木森林。在走向小木屋的路上，我說：

「謝謝。」

「是謝謝我帶你來嗎？還是謝謝我火葬了你爸爸媽媽？」

「都是。」

許多人在她的能力下化成灰，悄悄被埋葬。我忽然想起被她稱爲父親的人物。他恐怕是看上pyrokinesis的能力，才領養幼小的湯川小姐。判斷她能夠幫自己的忙才養育了她。這一點她自己一定也不是沒想過吧。但我從她身上，還是感覺得出她對她口中父親的敬愛之情。

「回到小木屋就來吃早餐吧！」

湯川小姐邊走邊開朗地說。

前方出現小木屋區了。籠罩著湖面的朝霧已消失無蹤，但天氣還是很冷，飄著小雪。我們回到小木屋，還來不及脫下外套，事情就發生了。

首先，我和湯川小姐發現一件事。昨天晚上設定好預約煮飯的電鍋不知爲何還是冷的。

「怎麼這樣！」打開蓋子確定沒煮飯，湯川小姐發出絕望的呼聲。緊接著，一個熱熱的東西緊貼著我的臉夾擦過。

短促的「噹！」一聲後，冰箱門上出現一個小指頭大小的洞。不，應該是先聽到玻璃破掉的聲音。我們身後的玻璃窗裂開了。外面響起放炮聲。火藥爆炸的聲音。聲音響徹湖畔，回音不絕。當下我並不明白，但那是槍聲。

我一直以爲只要生活在日本這個國家，就沒機會聽到那種聲音。但我們毫無預警地就被迫進入戰鬥。

「趴下！」

湯川小姐低下頭。我不明所以地呆站著，她過來拉我的手。

「離開窗戶！」

湯川小姐爬過地板拉下餐廳的窗簾。小木屋的一樓是餐廳與客廳相連的大空間。湯川小姐也拉上客廳那邊的窗簾。

「請問，到底是……」

湯川小姐對不知所措的我大喊：

「我們被狙擊了！」

湯川小姐翻倒餐廳的餐桌。放在上面的杯子、餐具都掉到地板上摔破了。她以餐桌桌面爲牆，躲在後面。

「狙擊？」

我反問。爲什麼？我不懂那是什麼意思。

窗簾不自然地晃動。上面有個光點。破了一個洞。橫放在地上的餐桌哐的發出撞擊聲。冒出幾縷煙的同時，嵌進一顆貌似子彈的東西。

我明白了。但腳不會動了。混亂使我的身體僵住。湯川小姐從餐桌後出來，撲向我。我們就這樣跌在地上低著頭。窗簾又多了一個洞。好像是子彈從我們頭上經過，打中了櫃子。裡面的一個餐具破了，碎片四散。

湯川小姐柔軟的身體護著我。她喘著氣，瞪著子彈飛來的窗戶。

「有人要我們的命！」

「誰？」

當下我能想到的，只有一個人。因爲湯川小姐而失去左臂、調查她pyrokinesis能力的那個青年。

她走到餐廳的窗邊。子彈是從那個窗戶後面飛進。謝天謝地，子彈的威力似乎還不足以打穿牆壁。她小心翼翼地掀起窗簾下襬想看看外面的狀況。但在她要看的時候，櫃子上的餐具又有一個破了。窗簾多了一個洞。她嚇一跳縮手。然後又有一顆子彈射穿窗簾。如果湯川小姐沒有因爲第一槍而後仰，第二槍很可能就命中她的頭了。

「這是你逼我的！」

一說完，她就展開反擊。朝狙擊者可能在的方向伸出了手。看來是隔著牆，在不瞄準的情況下放射熱能。窗簾飛起來，熱浪灌進來，湯川小姐的頭髮劇烈飄晃。外面產生一道火牆。好驚人的能力。那火海簡直就像小木屋區被扔進汽油彈。宛如地獄憑空出現。但被敵人逃走了。

這次換客廳那邊的窗簾出現破洞。看來敵人逃過大範圍的無差別熱能放射，移動到那個方向。湯川小姐和我爬著逃到餐桌後。在火災的聲音中又響起一聲槍響。扶著餐桌的手受到衝擊。子彈命中餐桌桌面。在混亂與恐懼中，我覺得奇怪。

「奇怪！窗簾明明是拉上的！」

湯川小姐赫然一驚地掃視室內。她也明白我的意思了。

一樓的窗簾全都是拉上的。外面的狙擊者應該看不見我們的位置。然而子彈朝我們藏身的餐桌射來。對方莫非隔著窗簾掌握到我們的位置？

剛才湯川小姐要觀察外面狀況時，要掀起窗簾的那一刻，子彈就在她的頭旁打出一個洞。窗簾明明沒動，他怎麼知道她在那裡？第二槍彷彿修正過軌道般，穿過幾秒前湯川小姐的頭部位置。他逃過剛才那陣熱能放射，難道不是因爲他看得到湯川小姐的動向嗎？

我是這麼認爲的。明明應該被窗簾遮住，對方卻看得見子彈打到哪裡。他以此參考，在下一槍瞄準時，做好微調來正確命中目標。是不是有什麼辦法讓他做到這一點？

「找到了！」

湯川小姐叫道。擺在櫃子裡的物品縫隙中，露出看似攝影機鏡頭的東西。櫃子後面有一條細細的電線，連到冰箱、電鍋插頭的插座上。狙擊者很可能在今天早上我們出門的時候，潛進來設置這些東西。一定是爲了確保電源而拔掉電鍋的插頭，插上有多插座的延長線。所以電鍋的計時器歸零了。

我爬過去抽出櫃子後面的電源線。攝影機和應該是無線電的機器被扯著掉下。

「給我，我來破壞！」

我把東西丟往湯川小姐躲藏的地方。她的視線對準攝影機和無線電。她緊盯著，產生熱能來破壞這些機器。

但想必這一連串的動作都在敵人的計算。電鍋的計時器搞不好也是他故意的。都是爲了讓我們發現攝影機而埋下的伏筆。

下一瞬間，氣體便從攝影機裡冒出來。

噗咻咻咻咻咻……

夾帶著濕氣的氣體呈現淡淡的橘黃色。我不在氣體的範圍，但湯川小姐全身都被這種瓦斯包圍了。她發出尖叫。我也吸入一點點。味道非常刺鼻，鼻子和喉嚨深處嗆得像會整個翻出來。眼球表面產生刺痛。湯川小姐好像整個人被噴個正著。等橘黃色的煙霧散去，她倒在地上，睜不開眼睛，雙手緊緊摀住臉，咳個不停。是催淚瓦斯。顯然是對方事先安裝在攝影機裡。

外面發出爆炸聲。大概是附近小木屋的瓦斯桶或之類的東西爆炸了。我只接觸到少量瓦斯，視線就模糊了。餐廳的窗簾搖晃著，外面的火光像水彩畫般淡淡地暈染開來。

「湯川小姐！」

我向她爬過去。她蜷伏在地板上，在咳嗽的空檔回答：

「……快、快逃！」

她好像無法好好呼吸。眼睛、鼻子四周都是紅的。臉頰上都是眼淚。不是因爲傷心，是瓦斯硬逼出來的眼淚。

狙擊者顯然針對湯川小姐的眼睛設了陷阱。她破壞攝影機，會確實張開眼睛執行「看」這個動作。他一定算好時機釋放瓦斯。她的眼睛正面接觸到催淚瓦斯，想必暫時什麼都看不見。這是對抗她無敵超能力的對策。

「快、快逃……二樓……」

湯川小姐伏在地上不斷咳嗽。她好像想說「逃到二樓」。的確，向外逃很危險。但二樓就安全嗎？

「我扶妳。」

她搖頭。她的動作是想說「不是的、我不是這個意思」。

「你會……礙事……」

她的聲音裡還有戰鬥意志。於是我懂了。眼睛雖然看不見，並不代表不能使用pyrokinesis的能力。只不過是瞄準器壞了。

「我要……釋放能力……！」

不瞄準嗎？不管三七二十一地把整個小木屋區燒掉？但我在附近就會受到波及。

「我知道了。」

就聽她吧。「上二樓……」她說。我矮著身子，向樓梯移動。狙擊的人多半知道湯川小姐現在看不見。之前遠遠觀望再加以狙擊，對對方而言不是上策。噴在她身上的瓦斯是什麼東西我不清楚，但是不是隨著時間過去，眼睛的疼痛就會減弱，也許視力就會復原？所以他很可能會趁這個機會拉近距離，就近射擊要她的命。而湯川小姐心裡很清楚他會這麼做。

所以，她打算在察覺到那傢伙靠近的一瞬間動手。我猜她一定會讓自己周身出現一圈足以將鐵融化的能量。會不會是以水平方向發射熱能？所以她才會說到二樓就沒事了。我猜。

我衝上樓梯逃進房間。就是我昨晚睡的那間。打開木門正面就是窗戶。清清楚楚地看到外面異樣的光景。整個小木屋區燒得像戰場一樣。風颳起黑煙，捲成漩渦。那宛如巨大的怪獸。我正環視室內想著要在哪裡藏身時，一把槍出現在我鼻尖前。

那傢伙右手握著一把自動手槍。沒看到他的左臂，上衣的袖子空懸著。是自稱溝呂木的青年。高高瘦瘦的青年，此刻沒出現妥瑞氏症的典型眨眼特徵。他是來為他的左臂報仇嗎？

可是，他為什麼在二樓？我的驚訝甚至超過被槍口指著的恐懼。溝呂木青年的耳裡塞著耳機。搞不好壞掉的攝影機是假的。實際上他還另外裝了竊聽器，室內的聲響他全聽得一清二楚？這個青年知道湯川小姐會以無差別熱能放射來迎擊？所以才入侵安全的二樓？

不，也許他就是在等我。

「你最好乖乖聽話。」

他說。沒有口吃。對插隊上公車的那名男子暴力相向時也這樣。也許在打鬥的那一瞬間，他的口吃和妥瑞氏症都會暫停。

「我要去一樓。你也一起。」

溝呂木青年眼中無神。雙眸灰暗。外面發生小型爆炸，火勢更旺了。一些小碎片飛濺撞上小木屋的外牆，發出聲音。我身子一縮，但他一動也不動。將右臂伸得像飛機跑道一樣水平，槍口指著我的鼻尖。

我一點頭，溝呂木青年就將下巴微微一揚，做出要我離開房間的指示。無言的壓力令我無法反抗。

我走出房間，下了樓梯。後腦一直感覺得到手槍。只要他的食指稍稍一動，我的腦袋就會被轟出一個洞。我強忍著想吐、想彎身蹲下的衝動。

「這是賭注。」

青年以沙啞的聲音說：

「看看她會不會連你一起把我燒掉。」

什麼意思？看到一樓的地板了。我想了一下，然後明白了。此刻目不見物的湯川小姐應該無法分辨被抓來當人質的我和狙擊者溝呂木青年。無法瞄準，就無法只燒掉他。但只要她一猶豫，就會被近距離槍殺。她要活命只有一個辦法。就是不瞄準，直接把我和他一起燒掉。

我覺得腳要發軟了。後腦叩一聲，被槍口抵住。青年在我耳邊悄聲說：

「請你告訴她現在的狀況，用你的聲音說。」

我點點頭。

「……湯川小姐。」

她應該聽到了。我終於來到一樓。一下樓就是玄關。我承受著被槍口抵住的壓力，經過餐廳入口。本來那一瞬間，很可能出現絕大的熱能將這一帶全部燒光。但結果沒有。

被子彈打出好幾個洞的窗簾搖曳著。外面火光閃動，時不時射進室內，照亮滿地餐具碎片和倒在地上的餐桌。湯川小姐趴在地上咳嗽。觀察她的姿勢，她是想逃到餐桌後，但到一半卻因爲呼吸困難，乏力而做不到。

大概是注意到我的動靜，不斷咳嗽的她雙手扶地撐起上半身。眼睛仍是閉上的。看來因爲疼痛而無法睜開眼睛。槍口在我後腦頂了一下。我感覺得出他是叫我說話。

「那個，是我。我被當作人質了。有槍指著我的頭。」

溝呂木青年站在我背後不動。之所以不出聲，大概怕一出聲就會洩露他的位置。他似乎在觀察並判斷湯川小姐的眼睛受到什麼程度的損傷。

「妳會連我一起燒掉嗎？」

只要朝著四周一口氣把力量全部釋放出來就行了。這麼一來，她就能活命。就能殺死這個溝呂木。可是她搖搖頭。

「不會。」

她忍受著眼睛的疼痛，嘴角微微揚起。但馬上又咳嗽。

我背後的溝呂木青年動了。他一句話也不說，要對她行刑。一步步報復湯川小姐的他，來到大功告成的緊要關頭。

爲了報一臂之仇，他首先以槍托打我後頸的髮際處。他爲什麼沒有一槍打穿我的腦袋？因爲殺了我就失去人質的意義嗎？在開第二槍前，那短暫的空檔也可能遭到反擊。但又不願意直接放了我把手槍對準她吧。就結果而言，他這個判斷爲我們帶來幸運。

這完全是巧合。因劇痛而倒地的我，在逐漸遠去的意識中發現眼前有一瓶酒。本來是放在餐廳的餐桌上的，因爲這陣天翻地覆而滾落在地。瓶蓋栓緊，裡面有透明的液體。

溝呂木青年的手槍指向湯川小姐。槍口筆直地瞄準她的額頭。灼熱的風捲著黑煙從窗口灌進來。煙灰瀰漫，在火光中視野忽明忽暗。

我抓住眼前的酒瓶。在爬起來的同時，將酒瓶往溝呂木青年的頭部側面砸下去。

「Spirytus－！」

我大喊。那是二〇二二號的柳瀨先生送湯川小姐的餞別禮。瓶子被砸得粉碎，裡面的液體全淋在他身上。

他的手槍同時發砲。但因爲受到攻擊射偏。子彈打進湯川小姐背後的牆。她沒事。

溝呂木青年的視線轉向鬆一口氣的我。看來酒瓶那一擊並沒有對他造成損傷。手槍本來要指向我，卻半路改變主意，再次瞄準湯川小姐。一定是超越情緒的職業判斷告訴他必須先行消滅她。

Spirytus從他的頭部側面滴下來。衣服的領口全濕了。我對湯川小姐大喊：

「湯川小姐！點火！」

聽到酒瓶碎掉的聲音，她明白了我的用意。前一天晚上我們在果汁裡加了幾滴這種酒來喝。當時我把從柳瀨先生那裡聽來的雜學告訴她，也許她也想到了——Spirytus是全世界酒精濃度最高的酒。

溝呂木青年再次瞄準湯川小姐。但湯川小姐的能力早一步放射出來。四周一帶全數遭到熱能襲擊，無一倖免。我也在範圍內。

全身突然好熱。熱的波動包圍了我。頭髮焦了，發出炙燒鬈縮的聲音。但是，熱能僅僅稍微烤熱皮膚表層而已。湯川小姐產生的熱能的確是無差別攻擊，但稍縱即逝，而且好像設定成小火。在達到損壞人體的溫度前，熱散失了。但溝呂木青年無法全身而退。

他衣服吸飽的Spirytus中酒精成分揮發出來，一下子便著火燒起。竄出爆炸般的藍色火焰，包圍他的上半身。全身Spirytus的他處於易燃狀態。尤其是命中酒瓶的脖子以上更慘。火焰緊貼在膚。即使在這個狀態下，他依然非常駭人地連開好幾槍。槍口朝著湯川小姐砰砰砰直響。即使火焰延燒全身，都雙膝跪地了，還是伸長右臂繼續扣板機。幾乎所有子彈都幸運地失準了。但最後一槍打穿了湯川小姐的肩。最後手槍裡沒有子彈，只剩下卡嚓、卡嚓的發砲聲。手槍從被火焰包圍的手中掉落，掉在地上發出沉重的撞擊聲。他像是累壞般身子蜷曲，就這樣靜靜地燃燒，不再動了。

5

根據蒼白的天花板、牆壁及種種銀色的器具，我知道這裡是某家醫院的病房。一醒來，我人在床上。被乾淨的毛毯裹著，全身上下都有被治療過的痕跡。

我不明白自己爲什麼在這裡。我甚至想過營地裡發生的事是不是一場夢。我沒有受重傷，骨頭和關節都沒事。但皮膚陣陣刺痛泛紅。好像是受到輕度灼傷。眉毛燒掉了，頭髮像燙過一樣鬈鬈的。所有毛髮都因爲受熱而變硬。醫生和護理師來了，說我受到營地火災波及。因爲可能出現短暫的記憶混亂，還建議我在警方前來詢問時最好小心作答。

「湯川小姐在哪裡？」

「湯川？」

醫生偏著頭不解。我想起湯川四季這個名字是假名。

「應該有一名女性跟我一起被送過來才對。」

應該是她對外求救的吧。我記憶中最後的情景，是自稱溝呂木的青年不再動彈。不，我也記得後來肩膀中槍的湯川小姐爬起來，從那座小木屋脫身的片段。接下來的記憶就模糊了。

「我不知道你指什麼。只有你一個人被送到我們醫院啊。」

醫生說完便離開病房。護理師跟著他走。留下我一人。

幾個小時後，兩位刑警來到病房問話。但警方似乎已經把劇本寫好了。他們對營地發生的火災下結論：闖入者用火不愼。我剛好經過附近，被犯人打了頭昏倒。

「不，不是這樣。」

「不，就是這樣。」

來到病房的兩位刑警眼中帶著同情。然後勸我：你累了，好好休息養傷吧。他們好像也知道自己扭曲事實。恐怕背後有什麼力量在運作吧。

「萬一你看到什麼，那一定是你看錯了。你只要同意我們的說法就行了。我們不會害你的。」

我在病房住兩晚。窗外是郊外景色，是家小鋼珠店的大停車場。我向護理師問了醫院的所在地。醫院在營地那座湖開車南下的地方。我的手機和隨身物品都不見了，所以我借用醫院的電話向外界聯絡。首先和叔叔聯絡。我爲自己沒有去上課、也不在六花莊道歉。但叔叔根本沒發現我不在，也不關心。我決定不提父母的死狀。

出院時，醫生沒有向我要治療費。不僅沒有，還給了我一個紅包說是交通費。一筆足以繞地球一圈的交通費。醫生以一臉不願意扯上關係的表情說：

「不是我的錢。收下吧。」

大概有封口費的意思。黑道想隱瞞營地發生的那次戰鬥。

我換了幾次公車回到六花莊。湯川小姐退租已經是五天前了。熟悉的木造老公寓進入眼簾時，我差點跪地痛哭。知道我回來了，六花莊的住戶陸陸續續來房間看我。

「管理員，你回來啦？我還以爲你就直接入贅了呢。」

一〇二號的立花太太這麼說，照例把她做太多的滷菜端給我。二〇三號的秋山母女也認爲我和湯川小姐祕密交往，在她搬去的地方住下來了。

「你被甩了？」

「才不是。」

秋山香澄擔憂地給了我一顆汽水糖。一〇三號的東夫婦則打賭我幾天會回來。

「別人都說東說西的，但我們都知道。管理員和湯川小姐之間是清白的。你在那方面晚熟得很吶。倒是這髮型，怎麼搞的？」

湯川小姐借來搬家的汽車怎麼樣了呢？本來應該停在營地的小木屋前，會不會受到火災波及毀了呢？我很好奇，便去了她之前工作的那家澡堂。汽車的所有人——澡堂老闆老夫婦已經有別的車了。不是新車，看起來是暫時出租的代用車。

據老夫婦說，車子沒有歸還。湯川小姐在她新家那裡與別的車相撞，車子嚴重損壞。借車的第三天，湯川小姐打電話給他們，以含淚的聲音告訴老夫婦車禍的事。警方也和他們聯絡，說與其把壞掉的車拖吊回去，不如就地報廢換新車比較划算。代用車和新車的費用，肇事方會全額支付，所以老夫婦決定接受警方的建議。

「管理員，你知道有個露營營地發生火災嗎？」

某天，又被拉去二〇二號房的柳瀨先生那裡喝酒時，他這麼說。

「……我聽說是當地不良分子自己跑進去升火。」

「一般是這樣報導沒錯，但實際上好像不是哦。我啊，在酒館裡聽記者朋友說的。那裡發生了幫派火拼。聽說碰巧賞湖的觀光客聽到槍聲。所以他就去查了，那個營地好像是幫派的。」

六花莊的人不知道我當時就在那個營地。大家都相信我幫湯川小姐搬完家以後，自己跑去溫泉區玩幾天。在那裡一時興起就跑去燙頭髮。

「可是，調查營地的那個記者朋友，最近都聯絡不上了。但願他平安無事。」

「柳瀨先生，我看你最好不要再管這些了。」

「說的也是。來，管理員，再來一杯吧！上次啊，我弄到了一種叫作Gusano RoJo的酒哦。」

他拿出來的酒瓶裡，有一隻完完整整的毛毛蟲泡在裡面。

我再見到湯川小姐，距離營地那次淒慘的體驗已經過一個月。大學同學在找人唱歌。他們問我要不要一起，但我看著窗外搖頭。那天碩大的雪花也落在大學校園裡。我心想再不去六花莊的屋頂除雪就糟了。

我踩著雪走過小巷，回到六花莊。從儲藏室裡拿出折疊式工作梯和除雪工具，爬上屋頂。從高處眺望的市容一片雪白。家家戶戶屋頂上都積了厚厚一層雪。我確定下面沒有人，拿鏟子鏟起雪，往下面送。由於必須隨時小心不要打滑，這項作業費力又耗神。梯子就架在外牆上。爲了怕除雪中梯子倒下，我用繩子把梯子固定在屋頂邊緣。剛開始除雪不久，就聽到梯子唧唧軋軋的聲音。有人爬上來了。會是哪個住戶來幫忙嗎？我停下除雪的手，呼了一口氣。

最先是屋簷邊緣冒出毛線帽。然後是雪白的額頭，以及端正的五官。爬上梯子的是湯川小姐。她戰戰兢兢地爬上屋頂向我點頭。嘴角漾起笑容。

「管理員，好久不見。」

「湯川小姐！」

她豎起食指，環顧四周。

「小聲。不然會被大家發現。」

「妳沒事啊，我好擔心。」

湯川小姐放低重心，搖搖晃晃地在屋頂上移動，來到我身邊。毛線帽底下的頭髮在肩上搖晃。比我上次看到她的時候短。

「妳剪頭髮了？」

她用手指捲起髮稍玩弄。

「都焦掉了，我就整個剪掉。如何？」

「很好啊。」

「太好了！」

那天，小木屋一樓產生的熱也讓她自己受到輕度灼傷。但眼睛完全治好了，也沒有後遺症。受到槍擊的肩膀還會痛，爬梯子的時候要小心護著肩膀。但沒有傷到骨頭，傷口已經癒合了。

「我剛去澡堂露個面。因爲我毀了車子，所以想去道歉。可是其實我現在還是被禁足的。我父親交代說在風波平息前，要我乖乖待在家裡。」

「所以妳偷跑出來的？」

「回程的時候到六花莊前一看，就看到管理員要來除雪。我本來很猶豫，不知道要不要叫你。給管理員添麻煩了。」

「何止麻煩。我這輩子沒遇過那麼可怕的事。心裡都有陰影了。」

被人用槍指著頭。人生可能當場結束。光想像就怕得發起抖。

「那是我人生最慘的一天！明明不關我的事！」

但湯川小姐賊笑地看著我。戴著手套的雙手遮著嘴，她說：

「可是，我對你另眼相看了哦。最後還大喊呢。」

雪花從我和湯川小姐之間掠過。臉上雖然是笑容，但她的眼睛有點紅。不是因爲催淚瓦斯。那天絕望的心境又重心上頭了嗎？還是得救的喜悅呢？或者是其他情緒呢？

我們站著聊一會。我很高興從她嘴裡聽到她對六花莊的回憶。我說了其他住戶的近況。告訴她大家都很想念她後，我就說不出話來了。然後我又開始除雪。

「我來幫忙。」

她這麼說，在半空中做出甩手的動作，幾秒鐘就除完雪了。屋頂的雪完全融化蒸發。我們小心翼翼地爬下梯子回到地面。

「那我走啦，管理員。有緣再見了。」

「好的，到時候來喝杯咖啡吧。」

我們在六花莊前道別。她深深行一禮，在巷子裡越走越遠。她邊融雪邊走。每踏一步，腳底下的雪就咻一聲蒸發，冒出白色水蒸氣，而當水蒸氣被風吹散時，她的身影也消失在巷子盡頭。

不久，冬去春來。湯川小姐住過的二〇一號仍舊空著。我換掉焦痕點點的榻榻米，請房仲幫忙找房客。但遲遲找不到新房客。六花莊的人們有時候會突然想起般提起湯川小姐，說她在的時候，不知爲何感覺沒那麼寒冷。

超能人生

1

我的煩惱是，常被人說是天然呆。

不久前，我要在車站前的停車場停腳踏車。我看到一輛醒目的黃色腳踏車，就停在那輛旁邊。那亮眼的鮮黃色，遠遠一看就認得出來，我因此認為可以當作識別的標記。

「可是，等我辦完事回來，到處都找不到黃色的腳踏車。你們不覺得很過分嗎？害我到處走半天，為了找腳踏車跑來跑去。」

我在教室裡一這麼說，朋友A就嘆一口氣，說「天然呆啊天然呆」。照她的說法，這是拿一個會移動的東西作為標記的我不對，我不得不承認她說的有道理。

在高中教室裡，我被歸到天然呆。這類阿呆角色沒威嚴可言。在團體裡無論提出任何意見，別人都會像對小朋友一樣被幾句「對對對，妳說的對」應付過去。完全不會有人當眞，活潑一點的男同學還會未經同意就摸我的頭。罵他「混蛋!住手!」男生也只會笑。更糟的是，還有女同學說我的呆是裝的。說是要引起男生注意的心機。

可是，無所謂。我又沒辦法和世界上每一個人當好朋友。我只要好好珍惜和我要好的朋友就好了。在班上，我可以稱爲朋友的人大概十個。一半是男生。我們這群好朋友會在放學後一起玩。假日大家會去遊樂園坐雲霄飛車、拍搞怪團體紀念照。這樣的日子不也挺充實嗎。但我萬萬沒想到。因爲我自己搞出來的烏龍，害得我看重的這些朋友都不敢來上學了。

事情的開端是某天放學後。朋友們聚在教室裡，討論世界上到底有沒有幽靈。我不禁傻眼。都多大了還要討論這種事？

「當然有啊。」

我自信滿滿的發言遭到大家的嘲笑。

「我就知道星野會這麼說。」

「妳也相信有聖誕老人吧！」

「可是大家不是會怕鬼嗎？」

「怕和有沒有是兩回事吧。」

「有依據嗎？妳有什麼依據說有？」

他們逼問我。我肯定幽靈的存在有我的理由，但我不能說，只好沉默。世界上才沒有幽靈——討論以此結束，相信有鬼的我就被一句「眞可愛」打發。我內心甚至出現一股氣憤塡膺的感覺。但事後回想，我認爲這股怒氣並不純粹是針對幽靈的存在被否定。平常就被當成天然呆對待，任何意見都得不到重視，讓我心裡的鬱悶一直累積。被歸類成天然呆的人容易被不是這樣的人看不起。他們經常自行認定我們就是不善於思考。

好，我明白了。既然這樣，我有我的辦法。當晚，我下定決心。就由我來惡作劇讓他們相信世界上有幽靈吧！只要身邊發生只能以靈異現象解釋的奇異局面，也許他們就肯聽我說話了。要安排靈異現象對我來說易如反掌。我沒跟任何人說過，其實我有一雙透明的手，可以觸碰或移動遠處物體。

我媽媽那邊每個親戚都有這種超能力。每年幾次親戚聚會吃飯，都會運用這種能力爲坐得比較遠的舅舅、長輩們倒酒。平常，我把這項能力發揮到極致，就是弄我討厭的數學老師眼鏡的時候。上課時，我會朝著站在講台前的老師伸出我的透明手臂。我不必特別集中意識。我那誰也看不見的手會從班上同學的頭頂上直接伸去。指尖捏住數學老師的眼鏡，稍微拉一下。在整個過程中，我仍然正經八百地乖乖坐在自己位子。數學老師一定覺得奇怪，爲什麼只有在這間教室上課時眼鏡會歪掉。

量身高體重的時候，我也用來讓自己量起來輕一點。我會把透明的手插進自己腋下，輕輕把身體往上拉。體重計量出來的重量就會變輕，比本來的數字好看些。

透明的手誰都看不見，也摸不到。手能伸長的範圍大概就是一間教室大。雖然動不了太遠的東西，但換天花板上的日光燈就不必特地爬腳凳了。這種超能力好像叫作

telekinesis或psychokinesis。很久以前的祖先好像曾經因爲這種能力而遭迫害，所以我們不可以把這件事告訴任何人。本來也禁止在自家以外的地方使用這項能力。要是被誰知道了，就會受到嚴懲。從小開始大人就一直告訴我懲戒的內容，可怕得令人發抖。難得有這種與生俱來的能力，我卻不能自由運用。明明有這麼有趣的專長，卻只能孤芳自賞。

這也是我相信有幽靈的依據。既然都有這種超能力了，有鬼也沒什麼好奇怪的不是嗎？因爲這兩種都是超自然啊。等於是親戚嘛。可是被朋友問起依據，我不能提出眞的有超能力者的證據，結果只能閉嘴。因爲如前面說的，這項能力必須保密。

因爲這樣，我決定利用念力對我那群好朋友設計靈異現象。這是讓他們相信有幽靈的策略。首先，作爲準備階段，我向他們宣告：

「其實，我有靈異體質。」

結果朋友A眨眨眼，「嗯？嗯？」追問。一副「妳的話太離奇我聽不懂，再說一次」的表情。

「因爲有靈異體質，有時候走在路上就會被跟。也許會跑到大家那裡去，對不起喔。」

朋友們很困惑。不知這是搞笑，還是說眞的呢，或者別有用意。大概聽到我們的談話，幾個不良少女低聲說「天然呆蠢女」。

「星野，我不希望妳變成那樣。」

朋友中裡的帥哥藤川一臉憂心地說：

「就是有那種人啊，吸引別人的注意而說自己有靈異體質。我不希望妳變成那樣。」

「你還好意思說。明明拿撿到錢包的錢去買果汁。」

「我又不知道那是妳的。」

那是以前大家一起到遊樂中心玩的時候發生的事。我正為錢包掉了驚慌時，這傢伙跑去自動販賣機買果汁回來。高興地嚷著「運氣眞好，撿到好東西了！」手上就拿著我的錢包。只有朋友A眞心為我擔心，幫我一起找。這件事後，在這群朋友中我和她的交流更密切。

「這不重要，但我眞的有靈異體質。」

我清了清嗓子，望著教室天花板某一點，假裝心頭一驚。朋友們跟著我的視線看過去，當然什麼都沒見到。因為那裡什麼都沒有。

「我和幽靈對看了！大家要小心……我總覺得有不好的預感！」

所有人都一臉懷疑，但上課發生的事為我的話背書。

那是英文課。座位和我有點距離的朋友A正在抄黑板筆記。但她突然尖叫一聲站起來。所有人的視線都集中在她身上。朋友A驚魂未定地看著腳。

「剛才，有人抓我的腳……」

她說有人抓住她的腳踝用力拉。那隻手，冷得令人打顫。

「妳是不是沒睡醒啊？」

聽了朋友A的話，老師笑了。四周同學跟老師一樣。但她看了襪子內側又尖叫起來。因爲腳踝留下被人用力抓過後淡淡泛紅的手印。

可是，那並不是幽靈搞鬼。那是我在上課時伸出的隱形手，抓住坐在位子上的她腳踝。要是把我的手和她腳踝上的手印重疊，大小一定一模一樣。雖說是念力，但我並不是任意操縱沒有形體的能量。其實就像拉長我眞正的雙手一樣。用透明的手打誰一巴掌，上面就會留下手印。

後來教室繼續發生無法解釋的現象。上課時，有人突然耳朵被呵癢，也有人被拉頭髮。明明沒人碰，筆卻豎起來在筆記上寫「救我救我救我……」，還發生過黑板出現無數手印的事。

離奇事件以我那群好朋友爲主不斷發生。我伸長透明的手亂摸他們。他們很害怕，說是「有一隻好冷的手摸我」。我的念力伴隨著熱能交換，透明手臂所做的事也會反應在我有形的手臂上。透明手臂擋了什麼，我的手臂也會感到衝擊，若是碰到燒熱的鍋子，我的手會燙傷。上課時，我偷偷在桌子底下握住冰枕。就是冰在冷凍庫裡，發燒時用來放在額頭上退燒的膠狀物。我讓自己有形的手變涼，再伸出透明的手摸朋友的脖子，於是就會發生熱交換。透過透明的手，吸取朋友的熱能，讓他們的脖子覺得「好冰！」。

每次發生靈異現象，我就在教室裡表情僵硬，喃喃地說「有鬼有鬼有鬼……」視線不和任何人接觸，像個封閉心靈的少女般低頭顫抖。一開始這樣演還蠻好玩的。好朋友們會蒼白著臉來找我商量。

「星野，怎麼辦？要怎麼樣這個現象才會平息？」

我一臉嚴肅搖頭。我不知道。但鬼魂的確在教室住下來了。最好是等祂自己消失。我像這樣給他們建議。這種感覺很痛快。我以前曾經在比他們更優越的位置嗎？我得意忘形，一連演好幾天，結果朋友A常神情灰暗，後來就不來上學了。其他朋友也差不多。有的雖然來上學，卻害怕教室，躲在保健室裡。我做得太過火了。朋友們對無法解釋的現象筋疲力盡，心力交瘁。我開始靈異現象的惡作劇一週後，好朋友都從教室裡消失了。

我媽媽是家庭主婦。個性溫婉，我覺得天然呆這個詞才適合她。她視力不佳，平常都戴著眼鏡，但洗臉忘記摘下眼鏡就把水潑到臉上的事，發生過不止一、二次。

「媽眞是天然呆。」

「才不是呢！眞沒禮貌！」

媽媽邊說邊點眼藥水。然後眼藥水就滴在眼鏡的鏡片上。

有一天，我出公寓的電梯，打開自己家的門，正說「我回來了」，就覺得有人用力掐住我的脖子。只見媽媽叉腰站在走廊盡頭，隔著眼鏡瞪我。

「媽，別……」

我吃一驚，雙手摸自己的脖子，想擺脫壓迫我的力量。但我脖子上什麼都沒有。我知道脖子上有指痕陷進。

「學校的事我聽說了。泉，妳搞的鬼對不對！」

掐我脖子的是媽媽的透明手。就算想擺脫，但我的手指會穿過去，所以無法拉開。教室裡發生靈異現象的事好像傳進媽媽耳裡了。她一定料到那是我念力造成的。

「好啦！放開我！」

我咳嗽著這麼說，媽媽的念力才鬆開脖子。重獲自由，我鬆一口氣。但媽媽還是氣沖沖的，雙手環胸。她在這種狀態下一步都沒動，用念力抓住我的手用力拉。我毫無抵抗餘地，被拉到客廳的沙發坐好。

「不要動粗！」

我猛然伸出我的透明手臂，推了數公尺外的媽媽肩膀。媽媽顫一下。「竟敢跟我動手！」媽媽才說完，我的頭就啪一聲受到震盪。像小時候那樣被媽媽用念力打了。我按著頭呻吟。如果有不明所以的第三者在場，媽媽看起來大概會是自己顫一下，然後覺得我的頭沒來由地爆出一聲「啪」。誰也不會想到這麼平凡的公寓裡正發生一場超能力大戰。

「鬧鬼的惡作劇是妳搞出來的吧？被人發現了怎麼辦！」

「我才不會被人發現！」

「妳知道自己做了什麼嗎？萬一大家知道這種能力……」

「我知道啦……」

媽媽的家族自古以來就有個規矩。念力的事要是被人知道了，就必須殺了那個人滅口。這對我們來說一點都不難。比方說，只要捏斷主要血管就可以了。透明的手臂穿透物質照樣可以運作。要在對方不知情下扯斷他體內的血管，比數學作業還簡單。萬一全班同學發現了我的念力……萬一真的發生了，所有親戚都會得到消息，然後聚集人手，一夜之間把所有同學滅口。我就知道布置成天災或意外而滅掉整個村子、城鎮的例子。

明知如此，我還是忍不住做這種事，我多少有點想利用自己的能力讓大家知道我的厲害。對了，即使念力被知道了，還有唯一例外可以不必殺死對方。那就是對方是配偶或配偶候選人。

爸爸下班回來，我們就開飯。大家圍著餐廳的餐桌，媽媽向爸爸說起學校的靈異騷動。爸爸雖然沒念力，但很清楚媽媽家族，也很清楚我有那種能力。爸爸罵了我。

「泉，不可以在外面施展能力。若被知道了，後果非常嚴重。」

我很想看點無腦的綜藝節目笑一笑。想開電視，遙控器卻在好遠的地方。在客廳的茶几上。我邊吃炸魚邊伸長我的透明手操作遙控器。電視的畫面亮起來。

「泉！現在在討論正經大事！」

媽媽朝電視遙控器瞥一眼。畫面突然暗掉。我再度發動念力打開電視。然後把遙控器藏到沙發底下。媽媽吃飯的手沒停，但把遙控器從沙發底下拉出來。遙控器在家裡四處飛來飛去。這情景爸爸早就看慣了，毫不在意地喝著啤酒看電視。突然間，爸爸說：

「這個我知道。上次親戚聚會的時候，大家一起看的。」

我中斷和媽媽的遙控器爭奪戰，認眞看電視。正在播放的綜藝節目在介紹網路上造成話題的影片。大概是手機拍的，影片晃動得很厲害。據說這段影片被ＰＯ到分享網站，全世界一共點閱幾百萬次。

那是很神奇的影片。椅子輕飄飄地在室內凌空飛舞。而仰望著這個景像的白人寶寶也不受重力影響，飛到靠近天花板的地方。在空中翻滾一圈，坐進半空中的椅子。寶寶笑著享受空中游泳。超能力的事終於被全世界發現了嗎？

節目的旁白說，這並不是眞正的影片。而是在ＣＧ動畫工作室工作的父親，拿孩子的影片加工而成。

「搞半天是這麼一回事啊。」

我懂了。換句話說，就是造假的。

「叫人家做這段影片的，就是妳大舅公。他出錢請國外ＣＧ製作公司做的。」

「幹嘛沒事做這個？」

「爲了隱瞞世界上眞有超能力者這個事實。這是要給一般大眾知道，透過ＣＧ技術就能簡單製造出這種影片的印象。」

爸爸看著我：

「好比說，泉施展超能力的時候被偷拍了。就算影片被放到分享網站，人們只會認爲『反正是ＣＧ嘛』。這樣以後就不用再滅口了。」

電視畫面上，寶寶還在玩空中游泳。我很傻眼，認爲大舅公未免太愛操心，但後來多虧這段影片，我們的祕密才得以保全。

2

我已經不再搞靈異現象了，但好朋友們還是沒有要回教室的跡象。不知不覺開始流傳起我們班被詛咒的八卦。大家都說我們教室被慘遭殺害的少女幽靈佔據了。大家說得太過嚴肅，我也越來越怕。

有個女老師在我們班上課的時候，身體不舒服。老師一這樣，同學就陸陸續續說自己很想吐。我也莫名想吐，認爲這絕對是靈障。後來冷靜下來，就知道這其實只是集體歇斯底里罷了。

每天都沒人跟我說話。班上同學好像都很怕我。大家認爲一連串靈異現象的原因就是我。雖然百分之百是正確答案，但並不是我的念力被發現了。都怪我在搞出靈異現象的第一天，事先宣稱自己有靈異體質。所有人都認爲在教室賴著不走的幽靈是我帶來的。

下課時間我幾乎都在自己的位子發呆。我覺得被人家喊天然呆、摸頭，好像是幾百年前的事了。我聽到大家竊竊私語，知道大家都叫我通靈少女。通靈少女嗎——我想。這也不錯。我做出略帶憂鬱的神情看窗外。

但話說回來，要怎麼做才能讓好朋友們恢復原狀呢?他們不在，我在教室裡就落單了。在班上完全孤立。午休在教室裡自己一個人吃飯讓我覺得好悲慘，好難熬。我離開座位，決定到廁所吃。我走在走廊上的時候，有人從後面追上來叫住我。

「星野同學!」

那是一個從沒對話過的男同學。全身籠罩著陰鬱的氣氛，神色黯然。雖然同班，我卻不知道他的名字。他是空氣般沒存在感的那群人之一。

「什麼事?」

他的肩膀窄窄的,瘦瘦的,一副弱不禁風。視線不肯和我交會,說話也不看我。

「星野同學,妳有靈異體質對不對?」

「對啊。對不起,跟在我身上的幽靈好像很喜歡我們教室。」

「現在還在嗎?」

「在啊。不過,我想很快就會不見了。」

「其實,我有事想拜託妳。」

「拜託我?」

「能不能和我一起,那個,就是……」

稍事猶豫後,他說了:

「……能不能和我一起召錢仙?」

錢仙這個詞我有印象。我還記得小學讀過給小朋友的鬼故事。這是降靈術的一種,召喚鬼魂,問祂各種問題。

「爲什麼要找我?」

「因爲妳有靈異體質。錢仙的起源『桌靈轉』規定要具通靈能力的人參加。請這樣的人作爲傳達鬼魂意思的媒介。如果有靈異體質的星野同學肯一起,成功率一定很高。」

這位同學是對神祕學之類的有興趣嗎？所以他不像其他同學，他不怕我，敢來跟我說話。我決定答應。因爲難得有人需要我，感覺很棒。

「對了，你叫什麼名字？」

我問這位同學。他回答：

「蓮見。蓮花的蓮，看得見的見。」

這便是我與蓮見惠一郎的相遇。

放學後，大家收拾好東西就離開教室了。只剩下我和蓮見惠一郎，我們把兩張桌子面對面併在一起，準備召錢仙。他拿出一張寫有平假名五十音表的紙在桌上攤開。上面不止五十音，還有是／否、男／女、從零到九的數字，以及鳥居的簡化記號。一開始好像是要把十圓硬幣放在鳥居的位置。

「參加的人要把食指放在十圓硬幣上。不要出力，呼喚仙錢，十圓硬幣就會自己移動，回答我們的問題。」

蓮見惠一郎解說完，就拿出錢包找零錢。但他好像找不到十圓硬幣。「我去把錢找開」他說完要站起來，我叫他不用去，硬幣我借他。我從自己的錢包裡拿出硬幣放在鳥居上。那個十圓硬幣很特別，上面的浮雕很奇怪。據朋友A說，那是「製造工序有誤」。這種硬幣很稀奇，所以我沒用掉而拿來當護身符。既然是特別的十圓硬幣，用在錢仙上一定也會有特別效用。準備完畢。窗外照進來的夕陽把教室染成橘色。蓮見惠一郎垂眼看著十圓硬幣。長長的睫毛落下影子。我問他：

「錢仙是什麼？」

「一般說是狐狸的鬼魂，但也有人說是死去小孩的鬼魂。剛好在附近的鬼魂會移動十圓硬幣。如果在我們教室召錢仙……」

「在教室搞怪的幽靈就會回應？」

少年點點頭。瀏海縫隙中露出來的眼神很銳利。我漸漸緊張起來。外面傳來的運動社團特訓聲漸漸遠去，四周安靜下來。錢仙是一種危險的遊戲。也有小孩子召錢仙卻被鬼魂附身，導致人格異常的傳聞。但十圓硬幣自行滑動的現象，科學上是可以解釋的。我曾經在電視上看到解析。電視說，這是參加者的潛意識浮現出來，手指不自覺移動硬幣。因爲不止一個參加者同時把食指放在十圓硬幣上，一旦施力不均，就會像硬幣自行動起來。當然，還是很多人相信這是鬼魂的回應，我也屬於這一派。

但這次，我知道教室裡並沒有幽靈。

「蓮見同學相信有幽靈嗎？」

「嗯。我希望有。」

後。

他突然露出溫柔的神情。一注意到我的視線，他便低下頭，把眼睛藏在垂下的瀏海

「開始吧。對了，有一點要注意。手指絕對不可以中途離開硬幣。鳥居記號是起點，也是終點。在十圓硬幣回到這裡前，食指都要在上面。」

「好。」

我們同時把食指放在十圓硬幣上。我的指尖有一點點碰到他的。他的手指細得像女孩。蓮見惠一郎呼喚錢仙。

「錢仙，錢仙，請出來……」

什麼事都沒發生。他重覆召喚，我和他的指尖相抵放在硬幣。終於，十圓硬幣毫無預兆就開始向旁邊移動。我的手指用力把硬幣壓在桌面，但硬幣還是照移不誤。移移、移移移，滑動在五十音表紙上。我們屏氣望著硬幣移動。但其實是我用透明手臂偷偷移動硬幣而已。

蓮見惠一郎向錢仙發問：

「你是誰？」

我發動念力，把硬幣移到寫著「女」之處。你是誰？這樣問，我一時想不出名字，就先說是女生好了。

「妳就是在教室作弄大家的幽靈嗎？」

我把硬幣移到寫著是的地方。

「年齡呢？妳幾歲？」

我依照順序顯示一、六。十六歲。和自己一樣的年紀。

「妳為什麼會死？」

我、不、知、道。我一個字一個字地移動。

「有陰間嗎？」

是。

我一直沒說話，但腦子很忙碌地轉動。我必須假扮成幽靈來思考怎麼回答。他說，他希望幽靈存在。我決定扮演幽靈好成全他的夢。

「妳現在也記得家人嗎？」

是。

回家路上，我們一起走到車站，蓮見惠一郎告訴我。三年前他因為交通事故失去妹妹。如果有陰間，他想知道妹妹在那裡過著什麼生活。聽到他說希望有幽靈的時候，他在夕陽的橘色中露出的溫柔表情，大概就是想起死去的妹妹。我們到車站時，天已經全黑了。路燈亮了，小鋼珠店的霓虹燈開始閃爍。我們站在不會阻礙來往行人的地方說話。

「十圓硬幣，我過一陣子再還妳。」

「一定哦，那個是很特別的。」

蓮見惠一郎說，召錢仙的硬幣必須儘快用掉。如果一直帶在身上，會給那個人招來惡運。這個說法很有名。他故意不用掉帶在身上，目的就是想驗證是否會發生靈異事件。

「如果我身上發生什麼不好的事，就表示靈異現象眞的存在。」

「的確可以這麼說。所以你犧牲自己來做實驗。」

「謝謝妳今天答應臨時陪我。多虧星野有靈異體質，我才能和教室的幽靈溝通。」

「我也嚇一跳。沒想到十圓硬幣會自己動起來。不知道會不會因爲金額不同移動就有什麼不一樣？要是用五百圓硬幣，搞不好會動得很快。」

我豎起食指，做出五百圓硬幣以電光石火的速度移動的樣子。蓮見惠一郎默默地望著我。我乾咳一聲，從書包裡拿出定期車票。向他揮揮手，過收票口踏上歸途。

我成了有名的通靈少女。別班的同學會把我叫出去，請我看幾張靈異照片，要我判定是不是眞的。「全部都是眞的。感覺得到鬼魂的怨念。」我一臉嚴肅地說。順便當場伸出透明手臂製造靈異現象。像明明沒人碰椅子卻動了，黑板上出現無數手印，看大家尖叫，我以此爲樂。

一次，一群三年級的男生叫我出去，把我帶到一間教室。他們讓我看一個舊木箱。外面貼好幾張符，把蓋子打開後，裡面裝著日本人偶。他們問我這個人偶怎麼樣，我回答「這是被詛咒的人偶」。還說「上面有小時候就死去的少女鬼魂」。但在場的那群男生聽到我的回答，就哼哼哼哼開始笑。他們的代表推著眼鏡說：

「星野同學，那是不可能的。這個人偶是我們前幾天買回來的。我們故意把衣服和木箱弄髒，貼上符，讓東西很舊。我們是科學社的。可不能讓人相信世界上眞有幽靈。現在就證明了妳根本沒通靈能力。」

原來這是陷阱。他們設計了我。但我當然不能被他們嚇到。「一定是在店裡的時候被鬼魂附身。我想你們買下來的時候，這個娃娃就被詛咒了。因爲，你們看。」

我指著桌上的木箱。他們的視線往那裡看，大吃一驚。因爲木箱是空的。本來應該躺在裡面的日本人偶不見了。

這時候，代表他們說話的男生尖叫。娃娃頭的少女人偶不就正攀著他的腿嗎？他想把人偶甩開，但人偶還是緊緊黏住，雙手抱住他的腿，頭開始左右猛搖，頭髮亂晃。這當然不是靈異現象，全是我念力造成的，但我這通靈少女的存在感因而越來越有分量。

星野身邊又發生靈異現象了——只要有人這麼說，蓮見惠一郎就會來問。我們在教室裡交談的頻率增加了。他是文靜的少年。我說話的時候他都不會半路插話，會把我的話聽完。如果我說到一半腦筋混亂停下，他也會等我把思緒整理好，有時還會幫我引出我想說的話。和他說話，會覺得「對對對，我就是想說這個啦！」整個人神清氣爽。

說到這，和我那群好朋友說話就不會這樣。要是我說到一半結巴，或是用一些奇怪的形容，他們照例都會打斷我、吐我槽。對大家來說，重要的是能靠我說話來炒熱場面，而不是我說什麼吧。他們認爲我說話一定會出差錯，每次都在等我出錯，所以我在說話的時候都會緊張。一直到現在才發現，也許因爲無法把心裡想的好好說完，我才會覺得有壓力吧。

一次下課，蓮見惠一郎站在走廊的窗戶旁。我走到他旁邊，好奇他在看什麼，原來是一隻蜘蛛正忙著織網。他好像正在觀察蜘蛛如何織網。

「蓮見同學，有沒有人說過你是天然呆？常有人這麼說我，可是你也有天然呆之處呢。」

「這種事自己不會知道啊。星野同學覺得自己很呆嗎？」

蓮見惠一郎側眼看我。他不高，和矮個子的我差不多。跟其他男生相比，簡直像國中生。

「別人說我天然呆，我會覺得，哦，原來我是這樣啊。」

「貼上那樣的標籤，對人類來說比較容易交流。」

「標籤？」

「就和貼在商品上的標籤一樣。用一個詞來將人的性質加以分類，就叫作貼標籤。這麼做，可以把對象簡化。將事物簡化，就能理解複雜的世界。雖然也可能會偏離本質。但也可能成爲交談的開端不是嗎。像血型性格分析之類騙人的東西也是。」

「那是騙人的？」

「沒有根據啊。」

「我是B型，人家都說我我行我素，自由奔放。」

「把人分成四種類型，就會讓人覺得好像比較能了解對方。天然呆這個字眼也一樣。星野泉這個人被分配到天然呆這個框框，所以在人際關係上的位置就很明確。就算不知道如何對待星野泉這個人，但如果是對待一個天然呆的人，電視綜藝節目都有演，大家或多或少都知道吧。」

蜘蛛網在窗邊慢慢變大。迎著光白白地閃耀著，在風中像敏感的天線般微微顫動。這張網還沒完成，上課鐘就響了，我們回到教室。

數學課時，我像平常一樣拉老師眼鏡的時候，警鈴響了。是避難訓練。全校學生都要到操場上集合，還要點名。我們離開教室開始移動。下樓梯時，事情發生了。一個把推擠別人當好玩的不良學生，撞了蓮見惠一郎的背。

我在離他有一點距離的地方看到他踩空樓梯的一瞬間。他會掉下去。我趕緊伸出透明的手，抓住蓮見惠一郎的手。我用力握住，拉住他不讓他往下掉。我雙腳必須用力站穩。因爲他的體重透過透明手臂整個掛在我身上。

像握手般握住他的手，他也回握住透明手臂。四周的人應該僅看到他在右手拉得筆直的狀態下重新站穩，抓住樓梯扶手。幸好沒怎麼樣。不良學生隨口向蓮見惠一郎道個歉就下樓了。

我縮回透明的手走向他。他還是抓著扶手，一臉驚訝地看著自己的手。大概是觸感還留在手心。因爲我的手也這樣。緊緊握住的力道及體溫，透過透明手臂傳到我身上。但這件事不能讓他知道。我把手放在身後說：

「是幽靈。我看到她救了蓮見同學。」

蓮見惠一郎點點頭，環顧四周。他在找根本不存在的幽靈。樓梯上剩下我和他了。遠遠地傳來避難訓練的喧嘩聲。

「今天是我最高興的一天。沒想到竟然能和幽靈握手。」

他看著我笑了。我突然一陣心痛，別開臉。

「快走吧，會趕不上的。」

「嗯。」

我會見到他踩空樓梯的那一瞬間，還能及時伸手救他，一定是因爲我的視線下意識追隨著他。我邊下樓邊想。自己是不是對他有好感？這是一般人稱爲戀愛的那種感情。不，我不知道。儘管我不敢確定，但我心中有近似的情感。

3

校方大概正視了一再出現的靈異現象，趁著假日請人來驅邪。以盛鹽和御神酒來淨化校舍。幾個同學來找有通靈少女之稱的我，問「幽靈消失了嗎？還是還在？」我回答，幽靈已經不在了，應該不會再發生靈異現象。

因爲我判斷，最好不要再扮演通靈少女了。

幽靈已經不在的事一傳開，經常請假的好朋友們就陸陸續續重回學校。一開始他們還一臉尷尬地與我保持距離。我明白他們的心情。畢竟他們精神衰弱到不敢來上學。而造成這一切的幽靈卻是我帶來的。要立刻重建原有的關係一定很難吧——我這樣擔心，但第二天大家就像以前那樣談笑。十人左右的老面孔聚在一起，圍著座位說起電視節目和明星藝人。下課時間我也不會落單。總是有哪個好朋友會跟我說話。很會說話的朋友照常說著逗趣的話，讓我度過熱鬧又充滿能量的時光。

「原來眞的有幽靈啊。」

「眞的好恐怖喔，我差點就哭出來了。」

被幽靈抓住腳的朋友A並沒有忘記這些。我不敢向她承認靈異現象是我自導自演。因爲要解釋就必須說明念力。所以我含糊地道歉。

「大家，眞對不起。都是我害的。眞的很對不起大家。」

慶祝大家重回校園，我們一群人一起出去。打保齡球、唱歌、到遊樂中心玩，我們一直玩到筋疲力盡，最後在家庭西餐廳聊天。我說起大家不在的時期，我以通靈少女的身分爲大家鑑定靈異照片。也跟他們說我跟班上男同學召錢仙。我自以爲在說很有趣的事，但對於靈障已產生陰影的大家卻表情嚴肅，開始認眞擔心起蓮見惠一郎，因爲他身上帶著我用來召錢仙的十圓硬幣護身符。

「他眞的不會有事嗎？」

「……是說，他是誰啊？蓮見惠一郎？我們班上有這個人喔？」

「要是他是只有星野才看得到的幽靈呢？」

「嚇死人了！」

「大家呢？沒來學校的時候，都在家裡幹嘛？」

我問。有人卯起來聽音樂，有人和父親釣魚，也有人認眞唸書。長得漂亮又個性溫婉的朋友B回答：「我請假在家時，在做內褲吃」。我大吃一驚。

「咦？吃了內褲？爲什麼？爲什麼妳會想吃那種東西？」

我吃驚之下，聲音大得全餐廳都聽得見。在場所有人都傻住了，眾人盯著我。朋友B羞紅臉低下頭。平常老是把我當小孩摸我頭的帥哥藤川冷靜地說：

「不是『在做內褲吃』。人家是說『在做麵包吃』（註）。意思是拿高筋麵粉和酵母粉用熱水和在一起，發酵後醒麵切開定形，再拿去烤成麵包。從前後言聽也知道啊。」

於是又回到拿我的天然呆作文章的模式。在我們這個好朋友的圈圈裡，大家各有各的角色。有主持人般帶動大家的，也有負責在誰說什麼好笑的話時吐槽的。簡直就像在錄綜藝節目。朋友A以機伶的發言輔助談話。漂亮又溫婉的朋友B只要面帶笑容就好。我的角色則是說些有點牛頭不對馬嘴的話炒熱氣氛。

「大家在我身上貼了天然呆這個標籤，這一點大家有意識到嗎？」

我一這麼說，一個愛鬧的男生就開起玩笑：

「意識到、貼標籤。天然呆，星野泉。」

「不要拿來唱RAP！」

根本說不下去。就算我說了什麼有學問的話，也沒有人當一回事。絕大多數的時候，即使這樣也很開心。我扮演天然呆的角色。我想珍惜與大家同在的時刻，爲了和大家在一起而演出，說起來就像樂團合奏。可是，每當和大家說再見自己一個人搭電車的時候，就會累得嘆氣。大概因爲被圈在天然呆這個框框裡，還是會讓我覺得少了什麼吧。在電車上我閉上眼睛，想起蓮見惠一郎。想起食指放在硬幣上的那時候，想起看著窗邊蜘蛛網的寧靜時光。

好朋友圈圈的大家一重回學校生活，我和蓮見惠一郎交談的頻率驟減。但我們已經交換手機號碼，所以經常找理由發簡訊聯絡。我想和他說話，他則是想找我召錢仙。有一天放學後，我們約在圖書室碰面。

「我和國中同學一起召過錢仙，可是十圓硬幣就不像和星野同學一起的時候那樣動。」

「我想也是。」

「那天很可能是受到星野同學通靈能力的吸引，鬼魂才肯幫助我們。」

蓮見惠一郎很認眞地一心想著幽靈的事。就算面對面坐著，他好像也看不到我，一直

註：此為日文諧音，星野誤聽「パン、作った」成「パンツ、食った」。

試圖想看到陰間。其實我也會落寞。

「我想請妳再和我一起召錢仙。」

「今天嗎？可以呀，在哪裡召？」

「如果妳願意到我家就太好了。」

我們離開學校前往他家。他說走路要十五分鐘。在他的帶路下，我們走進古色古香獨棟房子林立的區域。那裡有神社，有石梯，我們走過野貓穿梭的小巷。穿過竹林經過地藏菩薩前，在夕陽西垂的天空下，我們結伴而行。

他突然邀我到他家，我還沒有做好心理準備，一顆心定不下來。可是，他有非在他家召錢仙不可的理由。

「我想在我妹妹的房間試試看。搞不好，我妹妹的靈魂願意回答。」

他妹妹名叫蓮見華。九歲就去世了。在母親的面前被大卡車撞死。妹妹的死似乎一直是蓮見惠一郎心頭的傷。他很掛念妹妹，想知道她在陰間是不是過得很幸福。我準備配合他。然後，雖然於心不安，但還是裝作他妹妹來移動十圓硬幣回答他吧。這麼做，他心頭的傷也許可以稍稍癒合。可是，這麼做眞的好嗎？我騙他說妹妹的靈魂眞的存在，那麼在他面前我就必須永遠扮演通靈少女。怎麼辦？還是應該算了？在去他家的路上，我的心一直搖擺不定。但結果，那天召錢仙的事中止了。

我們來到蓮見家門前。那是一戶彷彿自古就在那裡的和式人家。有著瓦片屋頂，門是拉門。外圈全是石牆，荒蕪的庭院非常寬敞。裡面停了兩輛車。其中一輛是黑色轎車。看到那輛車，蓮見惠一郎一臉訝異。只見他皺起眉頭，露出有些遲疑的神情說：

「星野同學，抱歉，今天還是算了。」

「爲什麼？」

「那是我們認識的醫生的車。」

「醫生？醫生的車怎麼會來？」

「我媽媽有點問題……」

他母親自從親眼看見女兒慘死，心裡就不平靜。平常沒問題，但每個月恐慌症會發作幾次。認識的醫生車在，就表示今天可能就是那樣的日子。他這麼說。

「那我還是回去好了。」

「抱歉，妳都來到我家了。」

我的心還沒有堅強到能和這種狀態下的伯母見面。他說要送我到車站，但我拒絕了。

「我認得路。蓮見同學，你還是趕快去陪你媽媽。拜拜，學校見！」

他過意不去地點點頭，走向家門。我一直看著他的背影，直到他走進屋裡。和同年的男生相比，他的背影很小。瘦弱得像國中生。壓在他肩上的命運顯得更沉重殘酷。

我和蓮見惠一郎在走廊上交談，或兩個人結伴走在校外，好朋友圈圈的人都看到這些畫面了。「他有什麼好的？」帥哥藤川問，我回答「要你管」。藤川很不高興地說「是喔。」後來朋友A傳簡訊告訴我，藤川對我有點意思。我根本沒想過，所以很驚訝。朋友A認為他不高興，是因為我被別的男生搶走了。但冷靜想想，我覺得這是不可能的，一定是愛看少女漫畫的朋友A想太多了。

事情發生在週末。那天是外婆往生一年的忌日，所以親戚要在大舅公家聚會。我們坐爸爸開的車，車程約一小時。車子開向郊外，駛進山路。雨刷頻頻刷掉打在擋風玻璃上的雨。我應該在出發前把手機充好電的。我在車上讀簡訊時，發現電池快沒電了。

大舅公家是剷平山林蓋出來的。寬廣的庭院裡有大得能停好幾輛觀光巴士的停車場，已經停許多親戚的車了。一按設在門上的對講機，阿姨就出來招呼。從大門到主屋這段路上，我們撐著傘邊走邊欣賞和風庭園。

一進屋，親戚的小朋友發現我就跑過來。

「哇！泉姊姊！」

「跟我們玩——！」

小朋友們猛往我身上撲。勢道太猛我沒站穩，屁股就碰到玄關一個很氣派的擺飾。我記得那東西價值好幾百萬。眼看著它倒下來就要掉到地上，卻穩穩停住了。阿姨發動了念力。我從她轉動眼珠看出來。東西被垂直擺好。

「好了！你們幾個！小心一點！」

一挨罵，小朋友們大喊「快逃——！」便飛走了。我說飛走並不是比喻。他們眞的是身體離地在地板上滑也似移動。體重很輕時，透明的手可以支撐自己的身體凌空而行。我小時候常這麼做。

我們拜過外婆的牌位，在大舅公他們的宴席一角享用餐點。榻榻米大宴會廳裡擺了長桌，上面擺滿壽司、炸雞、滷菜。媽媽和阿姨們忙著整理空盤、注意酒杯是不是空了。在大宴會廳和廚房來回行走時，媽媽那邊的親戚因爲可以用透明的手端拖盤，所以運送量是一般兩倍。但由於手臂承受的重量也是兩倍，除非眞的很忙，否則誰也不會這麼做。

結婚幾年的親戚姊姊也來了。她懷孕了，肚子圓鼓鼓，好像快撐破似的。媽媽和阿姨她們去看姊姊的肚子。

「泉，妳也來請姊姊給妳摸摸看呀！」

媽媽招手叫我。我得到親戚姊姊的同意，伸出透明的手。親戚姊姊的肚子活像西瓜一般。上面是一層薄薄的衣服。我的透明手輕輕撫摸那顆球。在子宮裡睡得迷迷糊糊的胎兒類似手一般的東西輕輕摸到我的指尖。我的食指感覺到胎兒的小手觸感和溫度，好感動。

「害喜呢？都好了？」

媽媽問親戚姊姊。她摸著肚子說：

「都好了。但實在很皮。做菜更要特別小心。」

在肚子裡的寶寶也能使用念力。他們會伸出透明的手到處亂碰母親身邊的東西。我們把這叫作寶寶的調皮。因爲沒力氣，所以寶寶無法以念力移動物品。但像做菜的時候，就必須小心不讓肚子裡的胎兒碰到熱鍋。坐電車也要格外小心，免得讓人以爲有色狼而害身邊的上班族蒙上不白之冤。

喝醉的大舅公跑過來，一屁股坐在旁邊。大舅公是留著白鬍子的健壯老人。人雖瘦，卻是大胃王，酒喝得比誰都多。

「我瞧瞧，讓我摸摸寶寶。」

大舅公一臉色相這麼說，阿姨她們便擋在前面保護親戚姊姊。照規矩，只有女性才能伸手進子宮摸胎兒。

逃過大舅公的魔手，我和親戚姊姊坐在廊簷下。廊簷可以眺望被雨打濕的和風庭園。綠意比平常更濃。池面漣漪出現又消失，水滴從屋簷滴落。濕濕的風吹在臉頰上好舒服。

「姊姊和他在哪裡認識的？」

大宴會廳裡，有個年輕男子被灌醉了。那就是親戚姊姊的先生。

「我們是同事。他是魔術迷。」

「魔術迷？」

「在公司的忘年會上啊，我表演了魔術。我讓啤酒瓶和杯子飄浮在半空中倒酒。這件事，妳千萬不可以告訴別人哦。」

那恐怕不是魔術，是利用透明的手吧。

「反應熱烈極了。我一時得意忘形，又隔空幫上司打領帶，這招搏得滿堂彩。我從來沒像那時候那麼慶幸自己有念力。雖然說要是被拆穿了，很可能要把所有人滅口就是。不過，先不管這個，他也要表演他自豪的魔術。」

她的表演太過精彩，他的就相形失色。自稱魔術迷的他很受傷，跪在她面前請她收他當徒弟。這個職場還眞有趣。

「然後，又發生一些事，被他知道我表演的其實根本不是魔術，所以不得不向他招認我有超能力。所以我們就結婚了。」

「所以是姊姊保護了他。」

不被滅口的唯一辦法，就是成爲配偶。

「沒有啊。我想無論他知不知道，結果都不會變。不如說，我大概是直覺這個人值得嫁才招認吧。」

「說出祕密是什麼感覺？」

「感覺很棒哦。可以在對方面前當眞正的自己。」

「好好喔。」

有這種能力也不能向別人炫耀。不僅不能，身懷祕密這種事，還會在自己與他人之間築起一道牆。無論交到再要好的朋友，都會覺得這個人並不了解自己的一切。所以我才不要這種能力。眞希望生在一般家族裡。

這時候，小朋友們從走廊另一頭飛過來，一個個抱住我的脖子。他們吵著「跟我玩！跟我玩！」我只好中斷和親戚姊姊的談話。

和小朋友們玩一玩，時間就過去了。傍晚，親戚都要回去了。我和爸爸媽媽向大舅公打過招呼，踏上歸途。爸爸喝了酒，回程由媽媽開車。媽媽平常很少開車。想開雨刷卻打起方向燈。

在山路上緩緩而行，我的手機收到一封簡訊。是蓮見惠一郎發的。但內容讓我百思不解。

星野同學也去約好的地方會合嗎？

因爲下雨，我會遲到一下。
我不知道如何聯絡妳朋友，可以請妳幫我轉達嗎？
蓮見惠一郎

這封簡訊在說什麼？我們有約嗎？不對，我一點印象都沒有，重讀過去的簡訊也完全沒提到這件事。我在車子的後座和手機螢幕乾瞪眼。在蜿蜒的山路上這麼做，害我暈車有點想吐。我發簡訊問蓮見惠一郎。才知道原來是這樣的：

今天中午有一個自稱我朋友的人來約蓮見惠一郎出去。她打電話到蓮見家，說「有件事想儘快當面跟你說」。約好傍晚六點在車站大樓碰面。但我完全沒頭緒。蓮見惠一郎會不會被騙了？

媽媽小心翼翼開車走在山路，每次遇到轉彎，身子一下向右偏，一下向左偏。我打好給蓮見惠一郎的簡訊，叫他不要去。正要發出去，螢幕變暗了。電池沒電了。怎麼這麼不巧。我整個人都呆掉了。

「媽，可不可以把我放在車站？六點到得了嗎？」

我問駕駛座的媽媽。

「六點？我看有點難哦。」

雨刷忽左忽右忙忙碌碌地動來動去，看得我好心急。我又沒帶車充線。蓮見惠一郎很可能依照那通電話的指示到車站。我有不好的預感。

4

撐著傘的行人在車站前的十字路口來來去去。車流量很大，媽媽緊張地握著方向盤。雖然還不到這個季節的日落時間，但因爲天空被雨雲遮蔽，光線昏暗。我向爸媽解釋臨時必須在車站前和朋友碰面。時間已經超過六點了。我請媽媽在車站大樓的入口附近靠邊停，下了車。

「這個妳帶去。」

坐在前座的爸爸把傘借給我。

「不要弄到太晚哦！」

媽媽開車了。後車燈漸漸遠離，駛入車陣。

我走進車站大樓尋找蓮見惠一郎。因爲不知道他被叫去的詳細地點，除了到處尋找沒別的辦法。車站大樓是三層樓建築，一樓是超市，二、三樓是百貨服飾。但冷靜下來一想，事情有這麼嚴重嗎？我不再用跑的，用走的尋找他的身影。

蓮見惠一郎的確被人叫出來了。雖然不知道是誰爲了什麼這麼做，但搞不好只是小小的惡作劇。把人約出來卻根本沒人出現，讓蓮見惠一郎空等一場的那種惡作劇。若是如此，我就不必那麼著急了。

樓梯沒什麼人走，總是靜悄悄的。大家幾乎都搭手扶梯在樓層間移動。我找完二樓，到位在後方的樓梯時，往下注意到樓梯轉角平台那裡，有一名體格比平均還瘦小的少年。他是穿便服的蓮見惠一郎。但他不是一個人。三個小混混圍著他。也許這樣是給他們貼上小混混標籤，但那幾個人的穿著打扮很嚇人，完全是分類典型。他們就是不良少年。染過的頭髮，配色誇大花俏的服裝，威嚇眾人的站姿，如果用小混混這個字眼進行圖片搜索，搜索結果大概就是他們三個人。他們把蓮見惠一郎逼到牆邊。我不知道這到底是什麼狀況，但氣氛很可怕。

「蓮見同學！」

我從二樓叫喊。蓮見惠一郎抬頭發現我，臉色沉下。那是那種最不想被人看見的場面卻被我撞見的尷尬神情。

「星野同學……」

「你遇上什麼麻煩嗎？」

「嗯，算是吧。他們正要搶我的錢包。」

雖然心想「原來你還有心情這麼冷靜地說明現況啊」，但他額頭冒著汗。那些小混混個子很高，在他們圍繞下靠著牆的蓮見惠一郎，簡直像一隻被三頭老虎逼得走投無路的小老鼠。

但有一件事更讓我覺得奇怪。蓮見惠一郎說出我的名字時，那些小混混互相交換眼色，露出該怎麼辦的神情。會不會他們早就知道我的名字？他們並不是碰巧經過這裡。會不會和自稱我朋友而把蓮見惠一郎叫出來的人有關？

先說結論好了，我的推測沒錯。後來才知道，他們很可能受僱於人。應該是有人通知這三個小混混，要他們找蓮見麻煩，給他好看。

「藤川啦。一定他安排的。」朋友A後來發這樣的簡訊給我。真假姑且不論。

「那個……」

我怯怯地朝樓梯平台說。必須設法脫離這些小混混包圍。他們回頭看我。蓮見惠一郎趁這個機會悄悄貼著牆移動，想離開他們。

「慢著。事情還沒完。」

一個小混混抓住蓮見惠一郎的肩膀。他露出很痛的表情。小混混對我說：

「我們找他有事。妳閃邊。」

「住手。」

蓮見惠一郎甩開那隻手。其中一個小混混彷彿不能容許他反抗的態度，抓住蓮見惠一郎的領口威嚇他。我很害怕，想趕快離開這裡。旁往邊一看，牆上有火災警報器，我就按下去。

一按下按鈕，震耳欲聾的警報聲便響徹整座大樓。

「趁現在！」

我一大喊，蓮見惠一郎一點頭，便跑上樓梯。小混混們因爲警報器分神，但立刻就想把蓮見惠一郎追回。我伸出透明手臂，絆了搶先的那個流氓的腳。他腿一軟，踉蹌一下往前撲。第一個都這樣了，跟在後面的兩個順勢被堵住，無法立刻追上來。

我們跑過二樓。這裡擠滿小小的店家。因爲警報器一直響，客人和店員都站在通道上四處張望，想知道發生什麼事。我邊跑邊看後面，那三個小混混追過來了。每經過一家服飾店，我就用念力把衣架拉到他們面前。雖然對不起店家，但小混混閃不過突然滑到眼前的衣架，撞上全倒。我們則爭取時間，拉開距離。

我們推開行人跑下手扶梯。在一樓的超市裡奔跑。怕被人群沖散，不知不覺就牽起手。我們躲在貨架後觀察情況，他們也來到一樓分頭尋找我們。看起來很生氣。我們想逃到外面，卻半路就被發現。

「找到了！」

其中一個朝我們跑來。他旁邊就堆著一座特價罐頭小山。我伸長透明的手，用力把罐頭推倒。橫向突然飛過來的幾個罐頭打中他頭部。其他的罐頭也倒了，滾落在吃痛的那傢伙腳下。

對於另外兩個從別的方向趕過來的傢伙，我則是推附近的購物車撞他們。閃過一車，又有另一車滑來。店裡的購物車像從四面八方飛來的隕石般朝他們身邊集中，把他們困在那裡。超市的客人和店員對警報聲、小混混的斥罵聲、罐頭山倒下聲，以及自行滑動的購物車不知所措。

我們從超市後方來到車站大樓通道。這個出入口在車站收票口反方向，很少有人走。有一道沉重的玻璃門，我和蓮見惠一郎穿過那道門總算來到外面。雨滴從空中落下。我的一隻手一直緊握著雨傘，卻抖得撐不開傘面。絆倒流氓的觸感還留在手上。我好不容易撐開傘，和蓮見惠一郎靠在一起躲在傘底下。

身後傳來聲音。他們三個正全速在車站大樓的通道上奔跑。玻璃門敞開。他們一定打算像火箭一樣從那裡衝出來抓我們。但就在他們要出來時，我伸出透明的手用力關上厚厚的玻璃門。玻璃門很堅固。因爲他們整個撞上去也沒壞。

趁他們痛得哀哀叫，我們跑到行人很多的十字路口。混進撐著傘的行人，總算放心喘一口氣。

濕濕的路面反射了路燈的白光。雨滴打在爸爸借給我的黑色紳士傘，啪嘁啪嘁的聲響像煙火。蓮見惠一郎不可思議地望著自己的手心。是剛才一直和我牽在一起的那隻手。我當著他的面闖下大禍了。又不能告訴他念力的事，這次也說是幽靈好了。

可是，他說了：

「原來，根本沒有幽靈啊。」

他忽地停下腳步，肩膀露在雨傘遮蔽的範圍外。

「避難訓練那天，不是幽靈在樓梯上拉住差點跌下去的我，是星野同學。因爲手的觸感是一樣的。」

那天晚上，我發簡訊和朋友A商量。她懷疑幕後黑手是好朋友圈圈裡的帥哥藤川。藤川交遊廣闊，也認識他校的小混混。然後，因爲他對我有意思而嫉妒蓮見惠一郎（這是朋友A少女漫畫看太多的幻想）。藤川大概找認識的女生假裝是我朋友，打電話到蓮見惠一郎家把他約出來。準備教訓他洩憤。可是拿這件事質問藤川不是上策——朋友A在簡訊裡這樣寫。在朋友圈圈裡，藤川的影響力很大。他總是圈子的中心，和他敵對恐怕就無法再待在圈圈裡了。

可是，我沒有朋友A那麼理性。第二天早上，我一在教室看到藤川就跑過去，用旁邊的椅子當腳踏板，跳起來巴他的頭。已經來學校的朋友A一臉驚愕地看著我。

「妳幹嘛啦！」

藤川摸著頭低頭看我。

「是你嗎？」

「啥？」

「昨天的事！」

「什麼昨天的事？見鬼了。我哪知道。」

他在裝蒜嗎？還真的不知道？我無法判斷。我說出昨天的事，藤川雙手環胸閉上眼睛，轉了一圈脖子。然後，他朝著朋友A說：

「是妳搞的鬼吧。」

被藤川點名，朋友A顯得很驚慌。我正吃驚的時候，蓮見惠一郎進了教室。他朝我看一眼，微微點個頭，就走向自己的位子。

「蓮見同學。」

叫住他的是藤川。

「錢包能不能借看一下？」

「……爲什麼？」

蓮見惠一郎很訝異。他們兩個恐怕連話都沒說過。難怪他會提防。藤川說：

「你那裡不是有一個星野的十圓硬幣嗎，就是召錢仙那個。那天的事，我聽星野說了。那時候的十圓硬幣能不能借看一下？我想確認一件事。」

蓮見惠一郎朝我看一眼。我點頭，他便從錢包裡拿出十圓硬幣遞給藤川。藤川用指尖夾住硬幣，前前後後仔細察看。他回頭對朋友A說：

「妳想要的就是這個吧。妳叫小混混打人，就是要連錢包把這個搶到手吧。」

我拿來當護身符的十圓硬幣有鑄造錯誤的痕跡。藤川以前就知這枚硬幣。他在遊樂場撿到我錢包的時候得知的。他跑到自動販賣機想買果汁，碰巧發現那枚硬幣。

「那時我沒在意，不過上次電視節目有播，說這種變體幣很值錢。」

我的十圓硬幣上，沒有正面應該有的平等院鳳凰堂，而是兩面都像鏡像般刻著「10」這個數字。藤川說，這是一種叫作錯打的變體幣。製造十圓硬幣時，前一枚硬幣沒從壓模機上掉下來，還在上面就直接壓在下一枚硬幣上。變體幣在收藏家間是以幾十萬圓在交易的。幾十萬？我好驚訝。

藤川說朋友A應該是發現那枚硬幣的價值。我掉錢包時只有她那麼好心地幫我找，恐怕就是這個緣故。

「八成想找機會據爲己有吧？」

但我用那枚十圓硬幣來召錢仙，借給蓮見惠一郎，目標就變成他的錢包了。

「哦，可是，你有證據嗎？」

朋友A傻眼地說。

「沒有，妳叫我去哪裡生。這些全都是我的想像。」

「你想像力太豐富了。」

藤川聳聳肩，他將難得一見的十圓硬幣還給蓮見。然後轉向我，在我頭上亂搓一把。

「這是妳剛打我頭的懲罰！」

「住手！」

我一罵，帥哥藤川便跑到別的男生那裡了。然後又像平常一樣，朋友圈圈愉快地笑鬧起來。朋友A也一起，以機伶的話語讓場面更愉快。聊得熱絡時，她看我一眼，露出微笑。我覺得背上一涼，感到一陣寒意。

「妳們剛才在說什麼？」

蓮見惠一郎歪著頭問。他要把十圓硬幣放回錢包。我整理思緒，確認一個事實。

「蓮見同學！那十圓，還、還我——！」

放學後，我到蓮見家拜訪。門是拉門式，硬泥地上有鞋子。我很緊張地見了他媽媽。他媽媽是具纖細氣質的美人。皮膚好白，長長睫毛在眼角落下影子。

「惠一郎，你回來了。」

「媽，我回來了。」

她握起兒子的手。簡直就像戲裡一幕。蓮見惠一郎向母親介紹我。

「這位是星野泉同學。」

我行一禮。他媽媽似乎有點提防。

「伯母好。」

「妳好，星野同學。」

我脫了鞋，在玄關擺好。蓮見惠一郎帶我到他房間，我們一起看了他收藏的靈異照片。有些看起來像合成的，有些看起來很恐怖。不過他房間整理得好乾淨。和我被爸媽稱爲魔境的房間形成對比。伯母爲我們送上紅茶和切片蛋糕捲。注意到我面前攤開的靈異照片，他媽媽擔心地說：

「妳不會怕那些嗎？」

「不會。而且，我有一點點靈異能力。」

「靈異能力？」

「我平常看得見。」

我和蓮見惠一郎對看一眼。我已經向他招認自己沒通靈能力了。但今天是設定成有的日子。伯母離開後，我請蓮見惠一郎用電腦幫我查一件事。在網路上搜尋十圓變體幣的行情。在拍賣網站上，我的十圓硬幣的確可以標價數十萬圓。我們兩個研究如何上網拍賣，就這樣過一個鐘頭。

我借用洗手間。洗完手來到走廊，窗外照進來的夕陽讓整面牆發出橘紅光芒。整個家充滿沉靜的氣氛。在回蓮見惠一郎房間的路上，我發現他妹妹的房間。入口的拉門打開。我停下來，往房裡看。榻榻米房裡只有一張書桌和衣櫃。夕陽從掛在窗上的窗簾布上透出。書桌上放著她生前用過的小學生書包和裝全家福照片的相框。

走廊的地板響起腳步聲朝我靠近。伯母的聲音從背後響起。

「華的事，惠一郎告訴妳了？」

我點點頭。

「九歲的時候，因爲意外……」

伯母站在我旁邊看著女兒的房間。雪白的臉龐宛如虛幻的睡蓮。讓我忍不住想，因爲姓氏裡有蓮這個字嗎。眼睜睜看著女兒被壓死，從此她的心就常常失去平衡。蓮見惠一郎會相信靈異現象也與妹妹的死有關。他希望蓮見華的靈魂並沒在當天完全消滅，至今仍在人世，即使只是一小塊碎片也好。但也許他是爲了母親才這麼希望的。

我做一個深呼吸，裝作腳步不穩，踏進蓮見華的房間。我站在房間正中央，舉目四顧。伯母疑惑地問我：

「怎麼啦？沒事吧？」

這時候，房間的窗簾微微搖晃。窗戶關起來，明明不可能有風吹進，窗簾卻像波浪般起伏。伯母注意到了，出現倒抽一口氣的表情。我按住胸口，故意喘氣。

「……就在，附近。」

伯母以發問的眼神望著我。我朝書桌上的書包看去。

「剛才，有個女孩在這裡。」

啪噹一聲，相框自行倒下。我走過去，重新擺好。那張照片看來是旅行時拍的，是父母與兩兄妹的合照。蓮見華是名長得很像母親的少女。

伯母在房門口屏著氣注視著我的一舉一動。露出努力了解現在正發生什麼的表情。我走到她身邊，牽起她的手。她的手連指尖都是冰冷的。她雖然很害怕，卻沒甩開我的手。我一拉，她就跟我進房間。

「請坐在這裡。」

我請伯母在書桌的椅子上坐下。她坐下來抬頭看我。我把雙手放在她肩上，安撫她。

「我聽得到聲音。去世的人的聲音。」

伯母穿著領口敞開的衣服。看到她削瘦而突出的鎖骨，我很不捨。當面失去女兒，有多大的悲慟施加在她的骨骼上呢。伯母的手疊在我放在她肩頭的手上。

這時候，衣櫥裡傳來卡哩、卡哩的聲音。好像有人躲在那裡，用指甲從衣櫥裡抓門的聲音。伯母叫：

「惠一郎？」

大概以爲兒子躲在那裡。當然不是。走廊上傳來腳步聲，蓮見惠一郎出現在房間門口。見到坐在椅子上的母親和把手放在她肩上的我，覺得奇怪。

「現在是什麼狀況？」

這段期間，衣櫥裡還是發出聲音。除了卡哩、卡哩刮東西的聲音，甚至還有掛著衣服的衣架搖晃聲。我走到衣櫥那裡，膽顫心驚地打開門。伯母倒抽一口氣。裡面沒有人。只有蓮見華的衣服。聲音停了，但衣服還在搖晃。

我往衣櫥深處看，發揮想像力。勾勒出女孩抱著膝蓋躲在那裡捉迷藏的樣子。我像要配合她的視線高度般蹲下，彎著身子，呼喚我想像出來的女孩：

「妳好。妳怎麼躲在這裡呢？」

蓮見華。她就在這裡。我這樣暗示自己。因交通事故當場死亡而離開人世的少女。在相框裡展露笑顏的少女。她就抱著膝蓋坐在衣櫥裡，有話對我說。我豎起耳朵傾聽。

「……嗯，我明白了。我會轉告的。所以，妳不用再擔心了。」

我點點頭，蓮見華便站起來。

啪一聲，窗上的月牙鎖開了。窗戶猛然打開，風吹進來，揚起窗簾。伯母尖叫。蓮見惠一郎也嚇一跳。兩人彷彿被蓮見華的幽靈摸了手般，望著自己的右手。我所想像的蓮見華微微一笑，消失在窗外。化在風中，飛往天空的彼端。

我吁一口氣，當場坐倒。就像緊張解除後全身虛脫。

蓮見惠一郎扶著我到餐廳。我們三個人圍著餐桌喝熱茶。我看著茶杯裡冒出的熱氣，說了剛才發生的事。我說我在蓮見華的房間裡見到她的靈魂。她在衣櫥裡，有話要我轉告伯母。這些全都是我編的，但伯母相信了。

「她是這麼說的：媽媽，不要掛念我。不要擔心，我一直都在妳身邊。」

伯母含著淚點頭。

我走出蓮見家，深深行一禮。「下次再來玩哦」聽伯母這麼說，我好高興。蓮見惠一郎送我到車站。他推著腳踏車，走在我旁邊。每次經過路燈底下，車輪便在柏油路上形成影子。蓮見惠一郎向我道謝。今天這場騙局是我們兩個一起安排。騙人雖然不好，但我們相信有善意的謊言。

到車站附近，還捨不得分手。我們在人群交錯之間站著說話。許多人來來去去。天空是深海般的深青色。

「我好羨慕星野同學。要是我們也有那種超能力就好了。我媽媽就能救華了。可以在車子快壓到華的時候，用超能力把她推開。也許她就不會被車子撞到了。」

長長的睫毛底下，蓮見惠一郎的眼睛微微泛紅。一直看著那張臉我會呼吸困難，所以我便抬頭看天。星星開始閃耀了。我向他坦承念力的事，但還沒告訴他知道祕密的人會有什麼下場。只有一個辦法能保護他不讓他被滅口。可是要說這件事實在太尷尬了。因爲根本就像要脅嘛！拒絕就會被滅口，哪有這樣的。

「對了，有一件事我有點好奇。」

我問他：

「剛才在小華的房間裡，窗戶打開的時候，你們都看著手對不對。」

戲快演完的時候。我用透明手臂打開窗戶，讓風吹進來揚起窗簾。那時候，蓮見惠一郎和伯母都驚訝地看著自己的右手。這我實在想不通。

「那招我也嚇了一跳。那是星野同學用超能力摸了我們的手吧？」

蓮見惠一郎這樣告訴我。

「你還記得那時候的觸感嗎？」

「很像是一隻小手。簡直就像眞的是華來摸。」

「哦……」

我看著星星想：眞奇怪。因爲我根本沒這麼做。

親戚姊姊平安生產了，我們探望剛出生的小寶寶。在婦產科的停車場剛好遇到開著黑頭車出來的大舅公。大舅公一看到我，就豪邁地笑說「妳大鬧了一場啊」。我和蓮見惠一郎牽著手在超市裡跑來跑去的樣子被監視攝影機錄下來，PO到影片分享網站上去了。我們的臉雖然都打上馬賽克，但自行倒下的罐頭、自行移動的購物車等等使用念力的形跡全被拍下。但一般大眾都認爲那是CG影片，完全沒造成話題。我和爸媽都鬆一口氣。否則視情況，不知道多少人要被滅口。

好可怕的血腥家族。這種能力我才不要，我巴不得出生在更普通的人家——以前我常這麼想。但最近，這個想法有點變了。如果沒有透明的手，我就不會遇見蓮見惠一郎，也無法打開她母親的心結。經過這次的事，我也學會和好朋友圈圈保持適當的距離，扮演天然呆時也看得很開。即使他們逗我，很神奇的，我也不在意。我現在很明白和他們的對話都是表面上的人際往來。有人認識眞正的我。光是這樣，在社會生活中無論發生什麼事，我都可以不在乎。

親戚姊姊還沒出院，寶寶住在保溫箱裡。這家婦產科是我們家族的人開的。護理師當中也有好幾個是親戚，新生兒用透明的手在四周調皮搗蛋，也沒有人會大驚小怪。寶寶還很小，一哭就會全身通紅，也不像我們這樣會說話，感覺好像是個赤裸裸的生命體。媽媽和我伸出透明的手，握住保溫箱裡的小手。

「歡迎。」

母親對寶寶說。寶寶伸出透明的手，好像摸什麼神奇的東西般一直摸我們的臉。雖然不知道隔著保溫箱寶寶聽不聽得見，但我也對他說話。爲他即將展開的人生送上滿滿的祝福。

「歡迎來到這個世界。」

NIL 21／如空氣般不存在的我

原著書名／私は存在が空気
原出版者／祥傳社
作　者／中田永一
翻　譯／劉姿君
編輯總監／劉麗真
責任編輯／詹凱婷
總 經 理／陳逸瑛
榮譽社長／詹宏志
發 行 人／涂玉雲
出 版 社／獨步文化
城邦文化事業股份有限公司
104台北市中山區民生東路二段141號5樓
電話：(02) 2500-7696　傳真：(02) 2500-1967
發　行／英屬蓋曼群島商家庭傳媒股份有限公司
城邦分公司
104 台北市中山區民生東路二段141號2樓
網址／www.cite.com.tw
讀者服務專線／(02) 2500-7718；2500-7719
服務時間／週一至週五：09：30～12：00　13：30～17：00
24小時傳真服務／(02) 2500-1900；2500-1991
讀者服務信箱E-mail／service@readingclub.com.tw
劃撥帳號／19863813
戶名／書虫股份有限公司
香港發行所／城邦（香港）出版集團有限公司
香港灣仔駱克道193號1樓東超商業中心
電話／(852) 2508-6231　傳真／(852) 2578-9337
E-mail／hkcite@biznetvigator.com
馬新發行所／城邦（馬新）出版集團
Cite (M) Sdn Bhd
41, Jalan Radin Anum, Bandar Baru Sri Petaling,
57000 Kuala Lumpur, Malaysia.
Tel: (603) 90578822
Fax:(603) 90576622
email:cite@cite.com.my
封面設計／高偉哲
排　版／游淑萍
印　刷／中原造像股份有限公司
●2017年10月初版
●2022年8月8日初版八刷
售價299元

 ISBN 978-986-95270-2-6

國家圖書館出版品預行編目資料

如空氣般不存在的我／中田永一著；劉姿君譯．–初版．– 台北市：獨步文化，城邦文化出版：家庭傳媒城邦分公司發行，民106
面；公分．--（NIL；21）
譯自：私は存在が空気
ISBN 978-986-95270-2-6
861.57　　102007743

獨步文化
APEX PRESS

廣　告　回　函
北區郵政管理登記證
台北廣字第000791號
郵資已付，免貼郵票

104台北市民生東路二段 141 號 2 樓

英屬蓋曼群島商家庭傳媒股份有限公司
城邦分公司

請沿虛線對摺，謝謝！

獨步文化
APEX PRESS

書號：1UY021　　**書名**：如空氣般不存在的我　　**編碼**：

請於此處用膠水黏貼

獨步文化 APEX PRESS

讀者回函卡

謝謝您購買我們出版的書籍！

請費心填寫此回函卡，我們將不定期寄上城邦集團最新的出版訊息。

姓名：＿＿＿＿＿＿＿＿＿＿ 性別：□男 □女

生日：西元＿＿＿＿年＿＿＿＿月＿＿＿＿日

地址：＿＿＿＿＿＿＿＿＿＿＿＿＿＿＿＿

聯絡電話：＿＿＿＿＿＿＿＿＿＿ 傳真：＿＿＿＿＿＿＿＿

E-mail：＿＿＿＿＿＿＿＿＿＿＿＿＿＿＿＿

學歷：□1.小學 □2.國中 □3.高中 □4.大專 □5.研究所以上

職業：□1.學生 □2.軍公教 □3.服務 □4.金融 □5.製造 □6.資訊

□7.傳播 □8.自由業 □9.農漁牧 □10.家管 □11.退休

□12.其他＿＿＿＿＿＿＿＿＿＿＿＿＿＿＿＿

您從何種方式得知本書消息？

□1.書店 □2.網路 □3.報紙 □4.雜誌 □5.廣播 □6.電視

□7.親友推薦 □8.其他＿＿＿＿＿＿＿＿＿＿＿＿

您通常以何種方式購書？

□1.書店 □2.網路 □3.傳真訂購 □4.郵局劃撥 □5.其他

您喜歡閱讀哪些類別的書籍？

□1.財經商業 □2.自然科學 □3.歷史 □4.法律 □5.文學

□6.休閒旅遊 □7.小說 □8.人物傳記 □9.生活、勵志 □10.其他

對我們的建議：＿＿＿＿＿＿＿＿＿＿＿＿＿＿＿＿

＿＿＿＿＿＿＿＿＿＿＿＿＿＿＿＿

＿＿＿＿＿＿＿＿＿＿＿＿＿＿＿＿

為提供訂購、行銷、客戶管理或其他合於營業登記項目或章程所定業務需要之目的，家庭傳媒集團（即英屬蓋曼群島商家庭傳媒股份有限公司城邦分公司、城邦文化事業股份有限公司、書虫股份有限公司、墨刻出版股份有限公司、城邦原創股份有限公司），於本集團之營運期間及地區內，將以mail、傳真、電話、簡訊、郵寄或其他公告方式利用您提供之資料（資料類別：C001、C002、C003、C011等）。利用對象除本集團外，亦可能包括相關服務的協力機構。如您有依個資法第三條或其他需服務之處，得洽詢本公司服務信箱cite_apexpress@cite.com.tw請求協助。相關資料不提供亦不影響您的權益。

□我已詳讀權利義務之相關條款，並同意遵守。

請於此處用膠水黏貼

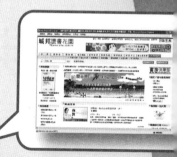

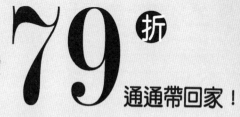